重读经典·科幻大师作品集

威尔斯科幻小说集

H. G. WELLS

[英]H.G.威尔斯/著 肖辉/译

THE INVISIBLE MAN

隐身人

大连理工大学出版社
Dalian University of Technology Press

图书在版编目（CIP）数据

隐身人 /（英）赫伯特·乔治·威尔斯（H.G.Wells）著；肖辉译. — 大连：大连理工大学出版社，2018.9
（重读经典·科幻大师作品集 / 许钧，吴文智主编. 威尔斯科幻小说集）
ISBN 978-7-5685-1443-9

Ⅰ. ①隐… Ⅱ. ①赫… ②肖… Ⅲ. ①科学幻想小说—英国—现代 Ⅳ. ①I561.45

中国版本图书馆 CIP 数据核字（2018）第 098909 号

隐身人

YINSHEN REN

大连理工大学出版社出版

地址：大连市软件园路 80 号　　邮政编码：116023

发行：0411-84708842　邮购：0411-84708943　传真：0411-84701466

E-mail:dutp@dutp.cn　URL:http://dutp.dlut.edu.cn

大连金华光彩色印刷有限公司印刷　大连理工大学出版社发行

幅面尺寸：130mm×185mm　印张：7.375　字数：142 千字

2018 年 9 月第 1 版　2018 年 9 月第 1 次印刷

责任编辑：于建辉　田中原　责任校对：李宏艳

封面设计：奇景创意

ISBN 978-7-5685-1443-9　定价：28.00 元

目录

生命因阅读经典更精彩

——《重读经典·科幻大师作品集》序

记得在三年前，有几位记者朋友来我家，说要看我的藏书。我和他们说，我的书不是拿来藏的，是用来读的。书架是开敞式的，架上的每一本书都像我的朋友，我都触摸过，阅读过，与之交流过，大部分书上还留下了我写下的或长或短的心得与体会。我喜欢读哲学，因为哲学探究人何以为人；我也喜欢读历史，因为历史阐明人何以成其为人；我更喜欢读文学，因为文学给人启迪，指明人何以丰富人生。昆德拉在《不能承受的生命之轻》中有一句话，说人生“没有草图”。无论精彩与否，人生都只有一次，不能重来。那么，如何了解人生，领悟人生，创造人生，让有限的人生活出无限的精彩呢？

回望走过的人生之路，我发现自己命中与书有缘：读书，教书，译书，编书，写书，评书。人生之精彩，各有各的理解与领悟，况且在技术高度发展的今天，人生在现实世界与虚拟世界中仿佛拥有了丰富的双重性，导向了无限的疆域。我的生命之花的确因书而绽放。我爱书，尤其爱经典。经典不应该是供奉在殿堂里的“圣经”，而应在阅读、理解与阐释中敞开生命之源。经典是读出来的，常读常新，在阅读与阐释中生成永恒的生命之流。

因为爱经典，所以我读经典，译经典。我译过雨果的《海上劳工》，巴尔扎克的《贝姨》与《邦斯舅舅》，参加翻译过普鲁斯特的《追忆似水年华》，还翻译过已然成为经典的当代作家昆德拉的《不能承受的生命之轻》与诺贝尔奖得主勒·克莱齐奥的《沙漠》与《诉讼笔录》。我还组织翻译“法国文学经典译丛”，主编法国浪漫主义大师《夏多布里昂精选集》以及已经进入法国文学殿堂的著名作家杜拉斯十五卷本的《杜拉斯文集》。在经典的阅读与翻译中，我得到了双重收获：一是经典滋养着我的人生；二是通过我的翻译与阐释，也在参与经典的创造。为此，我说过一句话：阅读参与创造，翻译成就经典。

正是基于这样的认识，我和老朋友吴文智先生经过多次交流，商定依托我主持的中华译学馆，组织全国优秀的翻译力量，译介一套《科幻大师作品集》，向广大读者倾心推荐威尔斯、凡尔纳、阿西莫夫等科幻文学大家的作品，一起重读科幻文学经典，让科学与幻想互动，拓展我们的想象世界，丰富我们的现实人生。有学者评论说：“科幻历来有两大经典主题，一为星际旅行，一为生命智能。前者以宇宙为舞台，拓展人类生存空间的广度；后者以人为核心，探索生命自身生存的意义。”循着这两大主线，我们也许可以更好地把握科幻文学的发展脉络，但在不同的科幻大师的笔下，会呈现出异样的精彩与深刻。我一直觉得，只要人类有梦想，文学就不会死。重读科幻文学经典，放飞想象，拓展生命的空间，相信你的人生会闪现出属于你的精彩光芒。

许 钧

2018 年春

现代科幻文学的奠基者

——赫伯特·乔治·威尔斯

自 1818 年《弗兰肯斯坦》[1] 问世以来，科幻文学已经整整走过了 200 个年头。200 年来，科幻文学由浪漫主义催生的科学传奇逐步转变为由现实主义启发的现代科幻文学。作为将科幻文学由浪漫主义过渡至现实主义的一代大师，赫伯特·乔治·威尔斯自创作以来便在其别具一格的作品中融入对社会与科学的深刻思考，因而无论是在主流文学领域还是在科幻文学领域，都有着令人惊叹的成就与地位。在主流文学领域，威尔斯曾先后四次获得诺贝尔文学奖提名，与阿诺德·贝内特、约翰·高尔斯华绥并称作“20 世纪英国现实主义文学三杰”。在科幻文学领域，威尔斯

1 1818年，英国作家玛丽·雪莱出版了《弗兰肯斯坦》，该书被誉为第一部科幻小说。

被称为“科幻小说界的莎士比亚”，与儒勒·凡尔纳并称作“科幻大师中最闪亮的双子星”。

一
走进威尔斯

1866年9月21日，威尔斯出生于伦敦城外东南部的肯特郡。父亲约瑟夫是一位园丁，同时也是一名职业板球手，后靠经营一家小店为生；母亲莎拉是一家名为“上花园”宅邸里贵妇人的女佣。父母低微的社会地位和童年清贫的生活使威尔斯深切体会到底层社会的艰辛。

7岁那年，威尔斯意外跌断了胫骨。在养病期间，他在酷爱阅读的父亲的影响下养成了阅读的习惯。同年，威尔斯进入小学学习，阅读的兴趣伴随着他进入接下来的学生时代。10岁时他开始对写小说、画插画产生了浓厚的兴趣。

1877年，他的父亲在一次意外事故中成了跛子。这次事故产生的高额医药费使一家人的生活变得愈发艰难，家庭的收入越来越不足以支付孩子们的读书费用。两年后，13岁的威尔斯便早早进入社会谋生。

1880—1881年，威尔斯先后做过布店伙计、药店学徒、信差和小学助教，但都没做多久就被辞退。被辞退后，威尔斯便来“上花园”投靠母亲。而他就是利用在“上花园”这短短的接触上层社会的时间，琢磨出了使用望远镜观测天体的方法，并通过宅邸丰富的藏书，阅读了诸如伏尔泰的散文、斯威夫特的《格列佛游记》以及柏拉图的《理想国》等对其后来思想及文学创作具有启发作用的名家名著。在这期间，威尔斯还接受了不系统的教育，在一所中学寄读，以高于同龄人的禀赋学习了各种基础科学知识。

1883 年，在最后一次做学徒后没多久，威尔斯想重回校园当助教。他曾经寄读的那所中学的校长很欣赏威尔斯，主动给他提供了职位。在当助教期间，威尔斯既是教员又是学生。在校长的热心协助下，他仅仅用了两年时间，便修习了文学、数学、地质学、无机化学、物理学、天文学、人类生理学、植物生理学等学科，不但通过了考试，还获得了奖学金。

就在优异的成绩换来奖学金的回报时，英国教育部门下发了一则通告：集合各地科学教员，统一组织到科学师范学校（后来的英国皇家科学院）的“教师训练班”进行培训，以提高其素质。当时这所学校恰好有一定的免费生名额，且每人每星期还能得到生活补助。对于一直在贫困中挣扎的威尔斯来说，这是一次从底层社会翻身的契机。

1884 年，18 岁的威尔斯顺利进入科学师范学校学习。这一年最令他兴奋的是他的生物学教师由大名鼎鼎的“达尔文斗士”托马斯·赫胥黎担任。在自传中，威尔斯曾饱含钦佩地回忆道：

“他用一种清晰而坚定的声音讲解着，不慌不忙，也不踌躇，不时转身在后边黑板上画些图解。在他继续讲之前，常常要把手指间的粉笔灰拂得干干净净，他是颇有洁癖的……由赫胥黎任教的生物学课程，在性质上是纯粹而精确地属于科学的。他除了充实、研究、完成在他范围内的知识以外，没有其他（如经济利益上的）目的……”[1]

然而，之后两年所修的物理学、地质学课程，由于教师授课的枯燥乏味，威尔斯的学习热情消耗殆尽，他将这种热情逐步转移到了创作上。在一次学生辩论会上，威尔斯偶然听到一个关于四维时空的宇宙理论的新观念，这对于当时的物理学宇宙观可谓一种新见解。他把握住了这种思想，在将其作为《时间机器》的理论设定基础之前，尝试着写了一篇题为《刚性宇宙》的思辨性论文。在大学期间，他还创办并主编了名为《科学学派杂志》的刊物。在 1887 年的学年测验中，他因地质学成绩不及格，没能在当年拿到学位，只好放弃学业回去教书。在教书期间，威尔斯曾试图锻炼瘦弱的身体，却伤病不断。他在一次足球比赛中遭到撞击，导致肾破碎和肺出血，被迫辞去了教职。在接下来的一段时间，威尔斯静心休养，并全身心投入写作。

1888 年，受纳撒尼尔·霍桑的作品《红字》的影响，威尔斯在《科学学派杂志》上连载了一部名为《时空长河中的寻金羊毛者》的小说，这就是他的成名作《时间机器》的前身。

---

1 H.G.Wells. 韦尔斯自传 . 方土人，林淡秋，译 . 上海：光明书局，1933.

1890 年，威尔斯通过了伦敦大学的考试，被授予理学学士学位。随后，他开始在大学函授学院教书，并尝试着给期刊与报纸投稿。他的《独特之物的重新发现》一文很快经由一个名叫弗兰克·赫里斯的编辑发表到了《半月评》上。威尔斯深受鼓舞，于是乘胜追击，将《刚性宇宙》一文寄出，并很快被赫里斯主动约见。赫里斯言辞激烈地表达了对《刚性宇宙》所涉及的四维时空理论的费解，并将论文底稿就此销毁。直到 1894 年，当赫里斯成为《星期六评论》主编后才回忆起那篇稿件的价值，又悔不当初地向威尔斯约稿，并使其成为期刊的长期撰稿人之一。

这一阶段的威尔斯除了教师的身份外，还成了伦敦的一名记者。他担任的是类似今天公共知识分子的角色，对各领域的问题发表看法，甚至对通灵术也有见解。[1] 可以感受到的是，那时的他力图通过独到的理解力将科学知识加以通俗化表达，通过敏锐的察觉将社会问题予以深刻化呈现。

1893 年起，在做新闻记者的同时，威尔斯开始在伦敦各类刊物上发表短篇小说、评论以及各类主题的文章。这一年，威尔斯在工作的压力下又一次咳血，不得不在病床上休养数周。他最终决定放弃教学工作，专攻写作。

1895 年，威尔斯开始在《新评论》上连载《时间机器》，并于同年结集出版。《时间机器》为威尔斯赢得了巨大的声誉，他也以此为起点，创作出了一系列脍炙人口的科幻小说。

1 江晓原．科学外史Ⅱ．上海：复旦大学出版社，2014.

威尔斯十分关注社会问题，并于1903年受邀加入费边社，参与英国的社会主义改良运动，与萧伯纳等人结为好友。但最终因政见分歧而分道扬镳。

在第一次世界大战期间，威尔斯参与了国家联盟活动，前往各国访问并宣扬“世界国”理念，他的采访文章常常引起世界性的轰动。在第一次世界大战后，威尔斯用一年时间编写出了100多万字的《世界史纲》，这部历史著作一经问世，便使威尔斯名气大增，它的销量无论在当时还是在以后的数十年都位列前茅。[1]

诚如布赖恩·奥尔迪斯[2]所言：“到了30年代，小说家威尔斯让位于世界名人威尔斯。他成了一个大名人，忙于规划一个更好的世界。他同高尔基交谈，与乔治·萧伯纳斗嘴，飞往白宫与罗斯福会谈，或者飞往克林姆林宫与斯大林会谈。”

1939年，73岁的威尔斯给自己写了一句简短的墓志铭：“上帝将要毁灭人类——我警告过你们。”这句墓志铭深刻地反映了他对人类未来、科学未来的关注和担忧，也表明他的科幻小说具有警示灾难的意义。

即便是到了将要踏上人生归途时，威尔斯仍旧热心于公共事务。1946年8月13日，威尔斯在伦敦病逝，享年79岁。

个人之于宇宙犹如一粟之于沧海。威尔斯知道，无论走访多少国家，途经多少城市，结交多少名人，其所能带来的影响、留

---

1 赫伯特·乔治·威尔斯. 世界史纲. 吴文藻，冰心，费孝通，译. 南京：译林出版社，2015.

2 布赖恩·奥尔迪斯（1925—2017），英国著名科幻作家。

下的印迹与书籍传播的力量相比都将是微不足道的。书籍作为那个时代的最佳思想载体，有着无可比拟的延展性，而思想对于人类塑造文明、改变周遭环境的启迪无疑引领着我们一路走到了今天。

二

解读威尔斯

在威尔斯所处的时代，第二次工业革命如火如荼，社会生产力突飞猛进，划时代发明目不暇接，引发了人类社会各方面的空前变革。在科学技术和生产力发展的同时，国际形势风云变幻，帝国主义殖民地扩张与争夺空前激烈，维多利亚晚期的英国社会阶级分化严重，劳资冲突不断加剧。在这一时代背景下，威尔斯以其广博的自然科学知识、深刻的思想性、超凡的预见性及卓越的想象力，创作出了一部部引人入胜的科学传奇，开创了“时间旅行”“外星人入侵”“反乌托邦”等一系列题材的范式，并在作品中融入了富有预见性的观点和对人类社会深刻的洞察。

本套丛书选取了威尔斯最具代表性的中长篇科幻小说和短篇小说。这些中长篇科幻小说有科幻史上里程碑式的经典，也包括一些稍显冷门但仍然很具代表性的作品。其中，有广为流传的科幻经典《时间机器》和《隐身人》，也有知名度极高、曾在美国引起巨大恐慌的《世界大战》，还有被多次改编成电影的《莫罗博士岛》和《神食》，更有启发了“反乌托邦小说三部曲”的《昏睡百年》和影响了 C.S. 刘易斯“空间三部曲”的《月球上的第一批来客》，以及预言了原子弹的《获得自由的世界》、预言了“空中战争”的《大空战》、与《世界大战》有着千丝万缕联系的《新人来自火星》、威尔斯的第一部乌托邦小说《彗星来临》和寄托了威尔斯后期乌托邦理想的《神秘世界的人》。威尔斯的中长篇科幻小说读者并不陌生，一直被认为是现代科幻小说的先驱之作；而他的另一类短篇小说名篇，如《水晶蛋》《盲人乡》等则知者较少，但在他的整个创作中有着特殊的意义。下面按威尔斯创作这些作品的时间顺序做以介绍。

《时间机器》（1895）是威尔斯最早获得成功的一部科幻小说。威尔斯利用早在《刚性宇宙》就已阐述的观点，借“时间旅行者”之口解释了四维时空的概念，探讨时间旅行的可能性。故事的主人公“时间旅行者”发明了一部“时间机器”，乘上它就能够自由驰骋于过去和未来的世界。当他乘着机器来到公元 802701 年时，发现人类已分化为两个人种：一种是住在颓败宫殿中悠闲优雅、娇小柔弱的艾洛伊人；另一种是生活在地下的面目狰狞、终日劳动的莫洛克人。不劳而获的生活使艾洛伊人的体力和智力明显退化，而莫洛克人白天为艾洛伊人制造生活的必需品，夜晚却到地面上到处捕食他们。“时间旅行者”还来到了几百万年之后，那时人类已经灭绝，沙滩上只有巨蟹、蝴蝶、日食等复古图景。善于科学思辨的威尔斯对当时高度工业资本化而极度缺乏人文关怀的英伦社会有着丰富的阅历。他自幼就对斯威夫特的讽刺小说如痴如醉，因而在《时间机器》中继承了《格列佛游记》的衣钵，以斯威夫特式的辛辣讽喻风格，尖锐地揭示了艾洛伊人与莫洛克人的畸形共生关系，并从进化论的角度出发，将人类历史演进中所要面对的冷酷现实与阶级暴力予以生动的体现，为社会分工最终演化为某种或然存在的恶性循环做出警示。

《莫罗博士岛》（1896）讲述了一个名叫莫罗的科学家，在一个无名的小岛上对各种动物进行活体解剖和器官移植，将其改造成兽人。这些兽人能直立行走，能讲话，具备人的某些特性，并且能够进行一些人类活动。莫罗试图对兽人进行肉体和精神的双重控制，却惨遭失败，最后和助手双双被兽人杀死。《莫罗博士岛》从古老神话传说与当时争议颇大的活体解剖实验中汲取灵感，结合威尔斯师从赫胥黎的经历以及对达尔文进化论的认识，从生物学角度构想出了“兽人合体”与“动物人化”的可能性。小说借由疯狂科学家莫罗的所作所为警示读者，却也为当今跨物种器官移植的动物培育技术提供了一个新的方向。

《隐身人》（1897）描写了穷困的研究员格里芬怀着极大的热情发明了一种隐身术，把自己变成了来去无踪的隐身人。这种“超能力”使他渐渐迷失了自我，企图依靠此发明建立一个“恐怖王朝”，使自己成为凌驾于社会之上的超人。最终隐身人在与人们的对抗中，跌入了犯罪的深渊，走向了毁灭的末路。《隐身人》异常大胆地想象了存在一种理论上可以改变身体折射率的药物，人服下后可以实现真正意义上的肉身隐形。如今隐形技术广泛地运用在军事上，却不是真正意义上的可见光波段隐形。而一种具有负折射率的人工合成材料——超颖材料——已经能够在微观条件下实现可见光波段的隐形。《隐身人》这部小说在某种程度上暗示了隐藏于社会之外的边缘人群的潜在矛盾，也从另一面揭示了受制于社会陈规约束的常人在脱离社会约束后可能带来的社会威胁，为社会忽视边缘人群提供了警示。

当《莫罗博士岛》和《隐身人》这两部作品将自玛丽·雪莱的《弗兰肯斯坦》以来塑造的“疯狂科学家”形象再度演绎时，我们会发现威尔斯笔下的两位科学家已然抛弃了弗兰肯斯坦还曾仅存的关乎伦理道德的愧疚之情，反而像斯蒂文森的《化身博士》里的海德先生一般，成为脱离社会约束的法外之徒。威尔斯或许从来都不会质疑科技的力量，却一度对科技力量之外所涉及的道德挑战与社会问题感到焦虑，并尽其所能地对个体获得科技力量后可能带来的负面影响做出令人赞叹的预想与反思。

《世界大战》（1898）据说源于威尔斯与兄长弗兰克的一次对话，这次对话中两兄弟讨论到了 19 世纪装备先进的英国殖民者对塔斯马尼亚土著实行种族屠杀这一话题。当时，弗兰克在讨论中设想了当天外来客如英国殖民者一般对待地球人类的情境，令威尔斯印象深刻，此后便将其通过《世界大战》呈现给世人。

故事中，入侵者并非敌国，而是地球以外的火星人。火星人被叙述成狰狞的怪物，且依靠吸食人类的血液为生。这些怪物在英国进行大肆破坏，而威尔斯却从一个寻常之极的市民视角，以荒芜萧索的笔触营造了一种凄凉的绝望，在平淡与挣扎中呈现世界由人间堕入地狱的恐怖末日……故事的结尾将末日的转折交给了为人所忽略的细微之物，着实耐人寻味，令人眼界大开。威尔斯所设想的突袭地球的火星人所使用的物理武器“热线”，尤似几十年后才实现的激光武器，而激光的理论基础——受激发射理论——在《世界大战》出版将近 20 年后的 1917 年，才由爱因斯坦发表的论文《关于辐射的量子理论》正式提出。

《昏睡百年》（1899）讲述的是主人公格雷汉姆在长期失眠后终于昏睡过去，醒来时却发现自己已然身处两百年后的世界。存款复利的神秘增长使他牢牢控制了世界经济，从而“莫名其妙”地成为世界之主，且有 12 名受托人以他的名义组成管理团体。管理团体对格雷汉姆的苏醒毫无准备，以至为了维护统治地位，试图隐瞒和控制格雷汉姆的行动。然而东窗事发，格雷汉姆最终还是成为反抗管理团体统治的人民领袖，与管理团体决一死战。而对抗管理会的革命者实际上也是为了私利在利用他。故事的结局，作为首领的格雷汉姆亲自架机阻击敌军——“尽管他不敢向下看，但骤然意识到大地已近在咫尺。”这是一部出彩的作品，其近乎反乌托邦的故事架构相当引人入胜。反乌托邦文学作为社会科幻小说中备受重视的子类型，以其颠覆人性长久以来对乌托邦的美好幻想而见长。在反乌托邦科幻小说中，极端化的政治、经济、宗教等意识形态是常见的社会背景，而《昏睡百年》虽然用了一个谈不上严肃的“长眠苏醒”设定，却能将两百年后的社会体系置于一个初看合理却极其恐怖的意识形态中预演。

《月球上的第一批来客》（1901）或许可以称为威尔斯版的《真实的故事》[1]。故事幻想了一位天才科学家卡沃尔研制出了一种“反重力”金属，在制成飞行舱后卡沃尔携朋友柏德福进行了登月实验。两位冒险者在成功登月后遭遇月球人追捕的惊险遭遇，展现了威尔斯天马行空的丰富想象力。小说中对于月球表面奇幻景色的描写与半个多世纪后人类真正登上月球时发回的照片也不无相似之处。威尔斯笔下的月球人是一种近似蚂蚁的“虫族”生物，它们十分脆弱，不堪一击。小说意在通过月球人的蜂巢思维剖析维多利亚时代的社会分工，将抹杀个人自由的管理体制进行戏剧化表达。

《神食》（1904）乍看之下很容易被误认作《莫罗博士岛》和《隐身人》的延续，从而被认为是对科技盲目发展和滥用的警示寓言作品，实则不然。故事讲述的是两位科学家发明了一种新的营养品“神食”，这种营养品能让食用者生长加速且变得巨大：鸡吃了后大得能食人，黄蜂和老鼠吃了后也能大得攻击人，婴儿

---

1 卢奇安的这部作品对威尔斯影响匪浅。卢奇安，又译琉善，古希腊讽刺散文作家、无神论者，其主要代表作品是讽刺散文《真实的故事》。在《真实的故事》中，主人公越过大西洋去旅行，经历了一连串令人难以置信的历险，如乘船时意外被吹到月球，之后还遭遇了太阳与月球军队争夺金星的战役等。

吃了后则很快长成巨婴乃至巨人。然而就在读者眼看着故事中的世界即将陷入一场恐怖的危机、人类社会将可能被斯威夫特笔下的“巨人国”所取代之时，威尔斯却笔锋一转，描绘起被排挤的巨人。这些巨人在人类的压迫下组成了一种“新人类”团体，为了突破传统人类的各种约束壁垒，最终决定奋起反抗，为自由而战。这种剧情上的转变与威尔斯那段时间世界观的转变是有联系的。在威尔斯看来，人类社会的矛盾冲突不是纯粹的利益之争，更不是简单的正邪对立、善恶分明，归根到底还是人性本质中的排异心理与人类社会日益演化形成的阶级隔离屏障作祟，这就使得吃下“神食”的巨人成了原始人类社会“党同伐异”的对象。而威尔斯则借巨人的抗争打通了这种社会阶级隔离屏障，意欲唤起人类在形成文明后所具有的同理心，从而实现某种意义上的阶级融合。“新人类”的存在将逐步消解人类的阶级隔阂，这样一场自由之战也将预示着人类在通过“神食”诱发人体改良后，将迎来一个或然存在的乌托邦。

《彗星来临》（1906）以一种散文式的记述，缓步推进着一个看似俗套的三角恋故事，却在关键节点上通过一条漫不经心的暗线将一次情杀危机反转，而故事也最终走向了一个充满光明、友爱等良善品质的乌托邦。故事背景是一颗彗星即将接近地球的消息不断在剧情中跟进，而情节上讲述的则是一位四处碰壁的主人公，在接连的失败与对刚刚分手不久的女友立即寻获归宿的妒意之下，决定谋杀前女友及其情夫。但就在下手的当晚，一颗彗星的尾巴扫过地球，通过与空气中的氮气反应产生“绿色烟雾”，给予世间人心以光明、友爱等良善品质。于是，世界变成了乌托邦，故事变成了大团圆。在《彗星来临》中，威尔斯最终想要表达的主旨，可以说就是在《神食》中还未到来的乌托邦图景。这种乌托邦式的理想社会在小说中最显著的一点即男、女主人公在彗星来临后消除私欲的过程。而在更深层次，威尔斯真正想要探索的还是一种破除传统道德束缚、打破阶级壁垒的美好新世界。

《大空战》（1908）一方面受莱特兄弟于1903年首次试飞成功后，各国精英对战场制空权思考的影响；另一方面又显然受到了M.P.希尔的小说《黄祸》（1898）以及1905年日俄战争的影响。故事讲述了身处社会中下阶层的主角意外卷入了德国空袭美国的战争，随之引发了一场飞艇对飞艇、飞机战飞机的世界性战争，整个世界陷入了空战。这样的战争最终无疑会把世界拖入万劫不复的末日之境，《大空战》中关于“废土世界”的结局书写与《时间机器》一般开放悲凉。《大空战》为我们呈现了另一种与《世界大战》相悖的末日殊途。具有敏锐洞察力的威尔斯再度通过小人物的视角预想出他想象的空中战场，并以其出色的社会寓言性指代了某种群体或团体在获得科技力量后对平民的威胁。

《获得自由的世界》（1914）以当时拉姆齐、卢瑟福、弗雷德里克·索迪等科学家的理论与发现为指导，并从索迪的《镭的介绍》（1908）一书中获取灵感，设想了一个人类广泛使用核能后的未来图景。威尔斯充分预见了核能产生后人类将其运用在武器上的可能性，并开创性地使用了“原子弹”一词来给故事中的一种能够加速核物质衰变、引发连锁反应的持续性燃烧弹式核武器命名，而故事中的“原子弹”也正如现实中一般，给世界带来了极大的震慑性后果。在小说后半段，当人类即将因滥用核武器而走向无可挽回的深渊时，威尔斯又借由一位具有远见卓识的政治家在各大国家中积极斡旋，最终让故事中那个硝烟四起的世界获得了自由。《获得自由的世界》以其在预想核武器的使用及应对核管控等方面的先见之明而显得格外不同寻常，但这部作品在展现威尔斯极为敏锐的洞察力的同时，也充满了对反战思想及世界主义的说教。这种立足于技术官僚与权威主义的乌托邦构想，几乎成为威尔斯中后期幻想作品的核心思想，这些小说也逐渐成为一种传播这类思想的说教工具。当然，尽管小说中那些饱含感染力的说教不可避免地削弱了阅读观感，但读者依然可以追寻到它的时代意义。

《神秘世界的人》（1923）可以看作威尔斯在积极投身反对战争、维护人权的国际联盟建设事业后，对重建人类文明满怀信心的蓝皮书。在《神秘世界的人》中，威尔斯将其中后期日渐成型的乌托邦蓝图描绘得细致考究。这部作品再次借助《时间机器》的四维时空理论设定，讲述了一位旅行者因为神秘世界的一次物质空间循环实验意外，莫名进入了一个被称为“乌托邦”的神秘星球。在这个“乌托邦”中，威尔斯通过旅行者的所见所闻，将这个神秘星球的美妙境况和盘托出，向世人展现一个曾经与人类面对过相同灾害与命运的世界，是如何依托于技术官僚的运作，发展出属于他们的高度发达的技术文明，以及仍在不断完善建设的"动态"乌托邦的。《神秘世界的人》所描绘的这种"动态"乌托邦，无疑是给同样存在诸多社会问题的世人提供了一种建设理想社会的参考。小说中对于人类科技发展带来的物质财富的激增所引发的生态灾害及人口爆炸等社会问题提供了理论指导，也深刻反映了威尔斯重视心理教育、关注生态环保等理念。

《新人来自火星》（1937）再次展现了《世界大战》中火星人的先进技术。《世界大战》中的火星人以激进暴力的方式对人类进行"革命式"入侵，而《新人来自火星》中的火星人则以渐进温和的手段对人类进行"改良式"渗透，从对社会变革角度的思考来看，简直与威尔斯一直身体力行的政治改良思想如出一撤。作品间接描述了一种来自火星人的长期外部干预。火星人通过发射宇宙射线的形式诱导地球人实现改良性质的突变，将人类转化为智力超群且足以构建地球乌托邦的新人类。主人公在听闻火星人发射宇宙射线对人类影响的坊间传闻后，对即将降生的孩子可能产生的变异感到不安。直到他最终发现，自己早已是被改良的新人类，而新世界的秩序与乌托邦未来，由他们这些伟大的新人类联合起来方能重塑。有评论家认为，这部充满超人式设定的作品在欧洲法西斯主义盛行时期，"不合时宜"地表露出了威尔斯对权威主义的改良幻想。倘若仔细观察作品中极富隐喻色彩的预言与文字，读者也能从另一角度感受到威尔斯真诚而严肃地探讨摆脱现实世界纷乱秩序的努力。

像众多科幻名家一样，威尔斯在进行中长篇科幻小说创作之前，也是通过在各类刊物上发表短篇小说积累写作经验的。从1893年起，威尔斯发表了一系列短篇幻想作品。其中最具野心的早期作品是在《蓓尔美尔街公报》发表的短篇——《公元100万年之人》（1893）。这篇小说大胆地描述了一种在自然选择下最终重塑的人类：一种因为太阳冷却后被迫撤离到地下的生物，他们有着硕大的头颅、巨大的眼睛、纤细的双手，躯干部分则占其中的一小部分，这种人类只能永久沉浸在营养液中。这种新人类的设定很容易令人联想起《时间机器》里生活在地上的艾洛伊人与生活在地下的莫洛克人的部分特征，从而奠定了威尔斯在创作初期对于人类异化或演化主题探索时频频涌现的社会寓言特质。其他作品还有《飞人现世》（1893）、《人的灭绝》（1894）、《浅游太阳》（1894）等，其中《浅游太阳》讨论了硅基生命的可能性。他早期集中出版的短篇小说集《失窃的细菌与其他事件》（1895）中收录的《失窃的细菌》《奇兰花开》《怪物大闹天文台》等作品在惊险程度上虽然不如前述短篇，却也对后世作品产生了一定的影响，如克拉克的短篇作品《扭捏的兰花》就提到了《奇兰花开》。

19世纪末，威尔斯在短篇主题创作上的想象愈发大胆。这在其1895年以后的短篇《手术刀下》（1896）、《天外来客撞击地球》（1897）、《一个石器时代的故事》（1897）、《水晶蛋》（1897）、《能够创造奇迹的人》（1898）中足以见得。《天外来客撞击地球》

讲述的是不明天体向地球逼近的灾难故事。值得注意的是，类似的情节在《彗星来临》亦有体现，相信两者之间在创作上也联系匪浅。在**《水晶蛋》**中，威尔斯通过一种“以小见大”“以平凡见证奇迹”的叙事策略，将科幻小说中揭示未知世界时的惊奇感，在与之形成鲜明反差的平凡现实中进行演绎，并从中下阶层的小人物视角出发，见证“水晶蛋”中诡异神秘的世界。

到了 20 世纪，威尔斯的短篇幻想作品同样不乏佳作。《新时间加速剂》（1901）以一种漫不经心的方式对科技新发明可能带来的社会问题进行了探讨。**《盲人乡》**（1904）被许多西方评论家认为是威尔斯最好的短篇小说。尽管这篇小说并不描述未来，而是描述遥远的山谷，但它具备了科幻小说的全部要素，使读者动摇对传统的信心，并引发人们去思考事物的本来面貌。[1]《墙上之门》（1911）以主人公的成长为线索，通过对比在“梦幻花园”内、外的成长过程，揭示了工业革命对现代文明生活方式的影响。

威尔斯把科学幻想和人类的发展结合起来，以深切的忧患意识关注人类未来和科学未来。其远见卓识的抗争意识与精雕细琢的艺术追求，又体现了其不囿于特定时空的超越精神。威尔斯的科幻小说体现了在所处时代对人类未来的想象与思考，其思想源于维多利亚时代的历史环境与文化土壤，因而有一定的局限性。我们应该从其生活的时代出发，取其精华，对所涉及的政治性、思想性内容进行辩证的思考与择弃。

1　詹姆斯·冈恩．过眼云烟：英国科幻小说．北京：北京大学出版社，2008.

三

重读威尔斯

经典作品是那些你经常听人家说“我正在重读……”而不是“我正在读……”的书。即使我们初读也好像是在重温以前读过的东西，每次重读都好像初读那样会带来发现。我们越是道听途说，以为懂了，当实际读时，就越是觉得它们独特、意想不到和新颖。[1]威尔斯的科幻小说就是这样的经典。科幻小说作为一种与科技发展有密切联系的文学类型，犹如一架人类的望远镜，遥望着浩瀚的天河，对科技发展带来的种种可能性，对社会的潜在影响进行提问、预测、探讨与思辨——这亦是现代科幻小说的核心精神。而这一精神的源头正是威尔斯。

威尔斯所处的时代正值人类历史的转折点。他出生的那一年，德国工程师西门子发明了世界上第一台大功率发电机，标志着人类进入了电气时代；他逝世的那一年，世界上第一台电子计算机诞生，掀开了信息时代的序幕。其人生横跨的两次工业革命颠覆性地改变了人类文明的发展进程，科技、政治、经济的变迁使得世界发生着难以想象的变化。正是在这种时代背景下，威尔斯对科技前景和社会现实进行了可信的分析与预测，对当时的诸多问

1 伊塔洛·卡尔维诺.为什么读经典.黄灿然，李桂蜜，译.南京：译林出版社，2012.

题都有深入的探究与思考。他一方面肯定科学技术的巨大作用，另一方面也意识到当科技被枉顾伦理道德之辈利用时，人类将会为此付出惨痛的代价。除了创作针砭时弊、充满寓言色彩的作品外，胸怀社会改良理想的威尔斯还身体力行地参与政治活动。尽管威尔斯的作品及其对社会问题的思考具有一定的历史局限性，但无疑对那个时代产生了深远的影响。

正是由于这种特殊的生平背景，以及艺术想象、科学警示、社会批评相结合的创作手法，使得威尔斯的作品具有深刻的思想性和恒久的生命力。在 100 多年后的今天，人类文明又一次面临重大拐点，随着以人工智能为核心的“第四次工业革命”的到来，各项重大技术创新即将在全球范围内掀起波澜壮阔、势不可挡的巨变[1]。作为曾经变革浪潮的亲历者和预言者，威尔斯在作品所展现出的预见性和对科技、社会问题的思索，在照亮那个时代的同时，也冥冥中关照了人类未来相似的发展境遇。也因此，时至今日，我们依然需要去聆听这位科幻先知的思想，去感受现代科幻小说发轫阶段所寄托的希望与沉思，去体会在激荡的洪流中一个知识分子的理想与信念。

或许，当 1895 年威尔斯写出《时间机器》的那一刻，他便真的发明了一台“时间机器”，并乘着它到达了未来，带回了警示的讯息。后世的科幻作家无不踏着这位前辈的脚印，乘坐这台机器，开启了一次又一次抵达未来的旅程，捎回一封又一封来自

1　施瓦布．第四次工业革命．北京：中信出版社，2016.

未来的信，谱写了科幻 200 年间一段又一段波澜壮阔、气象万千的乐章。如今，与未知同行的这一代人，或许很渴望也有一台这样的“时间机器”，以便到达未来一探究竟，用更有远见的视野指导今天的生活。若真是这样，拜访这些乘坐过“时间机器”的科幻作家或许是一个不错的方法。当然，最应该拜访的当然是那个发明了“时间机器”的人。他是社会科幻的领路人，更是现代科幻的奠基者，他是 H.G. 威尔斯。

《科幻世界》 陈 俊

2018 年夏

第一章
陌生人来到伊平

2 月初寒冷的一天，英格兰南部高原上弥漫着当年的最后一场雪。一位陌生人冒着刺骨的寒风和袭人的暴雪，从布兰勃赫斯特车站走来。他戴着厚厚的手套，提着一只黑色的小皮箱，从头到脚都裹得严严实实，软毡帽的帽檐遮住了整个面孔，只剩下光亮的鼻尖还露在外面，肩上和胸前都落满了雪花，手提箱上盖了厚厚的一层雪。他冻得半死不活，跌跌撞撞地走进了车马旅店，把皮箱往地上一丢。“我要烤烤火，”他喊道，“行行好吧！给我一个带火炉的房间！”他在酒吧间里跺了跺脚，抖掉身上的积雪，然后就跟着霍尔太太到客房讲价钱去了。陌生人的自我介绍就这么简单。谈好价钱之后，他把两个金镑往桌上一扔，就在旅店里住了下来。

霍尔太太生好炉子以后，就把客人留在客房，她亲自给客人做饭去了。冬天居然会有客人到伊平来住，这种从未听说过的好事让霍尔太太遇上了，更何况这位先生又很好说话，不喜欢讨价还价。因此她决心好好表现一下，证明自己是配得上享受这份好运气的。

霍尔太太把腌肉放在炉上炖着，又冷嘲热讽地数落了一通她家的女佣米丽，因为米丽的动作总是太慢，随后她就拿着台布、盘子和酒杯去布置客房了。霍尔太太惊奇地发现，虽然炉火烧得很旺，但是客人仍然戴着帽子，穿着外套，背对着她，站在那儿望着窗外的院子——外面还在下雪。他戴着手套，双手叉在背后，好像陷入了沉思。肩上的雪已经融化，雪水都滴在地毯上了。

“先生，要不要把您的衣帽拿到厨房里去好好烘一下？”她说。

“不。”他站在那里说道。

她好像没有听清楚，打算再问一遍。

他回过头来看着她。“我喜欢穿着。”他的口气很坚决。这时候她才注意到他戴着一副侧面也有镜片包裹的蓝色护目镜，衣领紧贴着浓密的络腮胡子，整个脸都被领子遮住了。

“好吧，先生，”她说，“随你的便。过一会儿房间里就暖和了。”

他没有回答，又回过头去。霍尔太太觉得自己有点不知趣，真不该在这时候找客人攀谈。她赶紧把桌上其余的东西整理完毕，急匆匆地走出屋去。她再进来的时候，他还像石雕一样立在那里，驼着背，领子向上翘着，雪水顺着帽檐向下滴，面孔和耳朵全部都被遮住了。她把一盆鸡蛋和咸肉使劲往桌上一放，冲着他叫了一声："先生，请用餐。"

"谢谢。"他马上说道。可是在她关门以前，他还站着不动。等她出去以后，他才转过身来，迫不及待地往桌边走去。

霍尔太太从酒吧间后面向厨房走去，每隔一阵她就听见"嚓、嚓、嚓"的响声。这是汤匙在盆子里快速搅拌的声音。"这丫头！"她说，"哎呀！我把芥末忘得一干二净。她怎么磨蹭了这么久！"霍尔太太只好亲自过去拌芥末，然后把米丽好好训斥了一顿，因为她的动作实在是太慢了。霍尔太太早就做好了咸肉和鸡蛋，摆好了桌子，什么都弄好了，而米丽（可真是帮忙）却磨磨蹭蹭地连芥末都没拌完！来的偏偏又是个新客人，而且还要住上一阵！霍尔太太装满芥末罐，煞有介事地把它放在一只黑底描金的托盘里，端着到客房去了。

她来到客房门前，敲了两下就推门进去了，只见一件白色的物体消失在桌子后面，原来是客人移动了一下，看样子他像是到地上拾什么东西。她把芥末罐"啪"的一声放在桌上，这时候才瞧见客人已经把外衣和帽子脱了下来，放在火炉前的一张椅子上了。一双湿淋淋的靴子搁在火炉的钢架上，弄不好会把钢架锈坏的。她坚定地朝这些东西走了过去。"我说，现在我可以把这些东西拿去烘干了吧？"她不容置疑地说道。

"别动帽子。"客人说话的声音很模糊。她转过身来，只见他抬起头望着自己。

她惊慌地站在那里，呆呆地面对着他，好一会儿连话都说不出来。

只见客人拿着随身携带的白色餐巾捂住脸的下半部，把嘴和下巴完全遮住了，所以说话的声音含糊不清。可是这一点还不至于让霍尔太太惊惶失措。她之所以受了惊吓，是因为在客人蓝眼镜以上的部位——也就是整个额头——缠着一条白色绷带，另一条绷带缠住了他的耳朵，除了粉红色的大鼻子以外，整个面孔全被遮住了。如同开始所说的一样，他的鼻子发亮，是粉红色的。他穿着一件深褐色的丝绒外套，黑色的麻布高领倒翻过来，围着脖子。十字绷带的上下左右，露出了又浓又黑的头发，好似奇形怪状的尾巴和犄角。他的那副样子古怪得简直令人难以想象。霍尔太太根本没有预料到他的头竟然是这样包扎起来的，不由得愣了一会儿。

客人没有把餐巾拿下来，仍旧用一只戴着褐色手套的手捂着，并且透过神秘莫测的蓝眼镜盯着她。“别动帽子。”他隔着餐巾含糊不清地说。

她刚才受了惊吓，这会儿镇静下来了。她把帽子放回到火炉旁边的椅子上。“我不知道，先生，”她开始说，“这个——”她一时不知道该说什么才好。

“谢谢你。”他冷淡地说，望了望门口，又看看她。

“先生，我马上就叫人把衣服烘干。”她说完便拿着他的衣服出去了。临出门的时候，她又向那白色绷带包着的头和死板的蓝眼镜瞄了一眼，看见餐巾仍旧遮着他的脸。关门的时候，她不由得打了一个寒噤，脸上清楚地流露出惊惶的神色。“少见！”她低声地说，“真是少见！”她轻轻地向厨房走去。她心事重重地走进厨房的时候，已经无心再去追问米丽现在又在瞎摆弄些什么。

客人坐在那里，听着她的脚步声渐渐远去。他抬头向窗外扫视了一番，然后拿掉餐巾，又开始吃饭了。他吃一口，向窗外看一眼，疑心很重，再吃第二口。然后他站起身来，还用餐巾捂着嘴，走过去拉下百叶窗，一直拉到最下面白纱帘布遮挡的窗格。房间里马上昏暗下来，他这才松了口气，回到桌边去吃饭。

“这个家伙准是出了什么事，要不就是刚开过刀还是什么的。”霍尔太太说，“那绷带可把我吓了一跳！”

她添了些煤，打开衣架，把客人的衣服挂在上面。“还有那副眼镜！他简直像个潜水帽，哪里还像个人！”她一面说，一面把围巾挂在衣架的角上，“老是拿餐巾捂着嘴，还隔着餐巾说话！可能他的嘴也伤了——也许真是这样。”

她好像突然想起什么似的，转过身来。“我的天！”她赶紧问了一声，“米丽！土豆煮好了吗？”

霍尔太太回到客房里去收拾桌子的时候，她肯定了自己的想法，客人的嘴巴一定是在事故中受了伤或者破相了。他明明正在抽烟，可当她在屋的时候，他就是不拿掉那块包住下巴的餐巾去吸一口烟，这并不是由于他一时忘记了烟管，因为她注意到，当闷燃着的烟丝熄灭的时候，他还是留心瞥了一眼。他坐在一个角落里，背对着窗帘，由于酒足饭饱，身体又暖了过来，所以现在说起话来就不像刚才那样暴躁了。炉子的火光染红了他那副硕大的眼镜，为他增添了几分前所未有的生气。

“我有几件行李，”他说，“在布兰勃赫斯特车站。”他问她应该怎么取来。当她解释的时候，他还彬彬有礼地点点他裹着的头。“明天才能到？”他问，“还能再快点儿吗？”她回答说“不能”，于是他很失望，心里琢磨着：真就不能再快点儿吗？难道没有马车顺道路过那儿吗？

霍尔太太欣然回答了他的问题，接着话匣子就打开了。“先生，高原上那条路很陡，”她就马车的问题答道，并且抓住这次机会与客人交谈，“一年多以前，那儿翻了一辆马车，死了一位绅士，还有他的车夫。事故随时都会发生的，是吧，先生？”

可是客人却不是这么容易就开口的。他透过神秘的眼镜冷冷地瞧着她，隔着餐巾说：“是的。”

“可是一旦受伤不是马上就能好的，先生，是不是？我姐姐的儿子，汤姆，有一次磕在了草地里的大镰刀上，胳膊给割破了。天哪！他足足包扎了三个月，先生，简直让人难以相信。现在我一瞧见镰刀就害怕，先生。”

“这个我倒很能理解。”客人答道。

“我们原先还以为他要做手术呢，伤得可厉害呀，先生。”

客人突然干笑了一下——那笑声如同狗叫一般，好像他要放声大笑，声音却在嗓子眼儿卡住了。

“是吗？”他说。

“是的，先生。对他们一家子来说，照料他可不是什么闹着玩儿的事啊。当时我姐姐让其他孩子拖住了，只好由我去照顾汤姆。要扎绷带，先生，还要解绷带。所以，我想冒昧地问一下，先生……”

“你能帮我找几根火柴吗？”客人突然打断她的话，“我的烟斗灭了。”

霍尔太太把所有这些告诉客人以后，客人居然来这么一句，真是太没礼貌了。她一时不知所措，但想起了那两个金镑，她还是去拿火柴了。

当她放下火柴的时候，他随口说了声“谢谢”，然后就侧身对着她，眼睛又朝窗外望去。显然，他对手术和绷带的话题是很敏感的。她终究没能“冒昧地问下去”。可是他那副目中无人的样子却激怒了她，因此当天下午米丽难免要倒霉。

客人在屋里一直待到下午四点钟，连个鬼都不让进去。大部分时间里他都保持沉默。估计他大概是在渐渐昏黑的房间里，坐在炉火旁抽烟——也许是在打盹儿。

假如有人喜欢偷听，那么就可以听见客人给炉子添了一两次煤，并且在房间里来回踱了五分钟步。他好像是在自言自语。接着扶手椅“嘎吱”一响，他又坐下来了。

第二章

特迪·亨弗雷先生对陌生人的初步印象

四点钟的时候，天已经相当黑了，霍尔太太鼓起勇气正准备进去问问客人要不要喝点茶，这时钟表匠特迪·亨弗雷先生走进了酒吧间。

“我的天哪，霍尔太太，”他说，“天气这么糟糕，穿薄靴子可受不了！”外面的雪愈下愈大了。

霍尔太太同意他的说法，她瞧见他背着工具包，便灵机一动。“是你来啦，特迪先生，”她说，“正好我想请你帮我看看客房里的旧钟。它走还是走的，敲起来也是好好的，可就是时针不走，老是指着六点。”

于是她带路来到客房门前，敲了敲门就进去了。

霍尔太太推开了门，看见客人好像正在火炉边的扶手椅上打着盹儿，包扎着绷带的脑袋向一边耷拉着。屋子里仅有的光源就是那通红的炉火和从敞开的房门射进来的落日余晖。陌生人的眼镜映射着火光，活像铁路上的红色信号灯，低垂的脸深埋在暗影中。屋子里的每样东西都泛着红光，显得幽暗而模糊。由于她刚点亮了酒吧的灯，因此进屋的一刹那，她感到头晕目眩、眼花缭乱。等她缓过神后，忽然觉得眼前这个人张开的嘴巴大得出奇，一张不可思议的大嘴几乎占据了整个面孔的下半部。白色绷带包着的头、怪异的眼镜以及下面张开的大嘴，看上去让人感到极不舒服。他的身子动了一下，站了起来，抬了抬手。她把房门完全打开，房间里亮堂了一些，这时候她才看清楚，他用毛巾遮着脸，就像先前拿着餐巾一样。她这才明白，因为刚才屋里很黑，她把遮在脸上的毛巾当作客人的嘴巴了。

“先生，能让这个人进来修钟吗？”她问道。这会儿她头脑清醒了，渐渐从刚刚受的惊吓中恢复过来。

“修钟吗？”他一面睡眼惺忪地四下张望，一面捂着嘴反问。他马上又更加清醒了一点，便说：“当然可以。”

霍尔太太出去拿灯，他就站起来伸了个懒腰。灯随即就取来了，特迪·亨弗雷先生进来的时候，迎面就碰见这个包扎着绷带的人，正如后来他自己说的：“吓了一跳。”

“下午好，”陌生人对他说。亨弗雷先生后来描述，说他戴着那副亮晶晶的眼镜“活像一只龙虾。”

“但愿我没有打扰您。”亨弗雷先生说。

“没关系。”陌生人应了一声，他又对霍尔太太说，“不过，我觉得这个房间应该是供我个人使用的。”

“先生，我想您也希望这只钟能——”霍尔太太刚想说“修一下”，就被打断了。

“当然，”陌生人说，“当然希望修一下。可是我习惯一个人待着，不愿受到打扰。”

他转过身去背对火炉，双手背在身后。“过一会儿，”他说，“等钟修好以后，我想喝点儿茶。但在钟修好以前别端来。”

霍尔太太正打算退身出去，现在她可不想聊什么天，因为她不愿意在亨弗雷先生面前丢脸。这时候客人却把她喊住，问她是不是已经交代过他在布兰勒赫斯特车站的行李了。她说已经跟邮差交代了，明天搬运工就可以把行李运来了。

“你肯定不能再早了吗？”他说。

霍尔太太表示肯定不能再早，态度显然非常冷漠。

“我要解释一下，刚才因为又冷又累，我没有说，”他补充道，“我是个实验研究员。”

“看您就不一般，先生。”霍尔太太顿时肃然起敬。

“行李里装的都是做实验用的器具。”

“都是些有用的东西，先生。”霍尔太太说。

“我心里当然很急，想继续我的科学研究。”

“当然，先生。”

“我之所以到伊平来，”他说话的时候显得非常慎重，“是……希望得到安静。我希望我的工作不受打扰。除了工作之外，一次意外事故……”

“我早就猜到了。”霍尔太太心里想。

“我必须休养一段时间。有时我的眼睛又累又痛，我必须在黑暗的房间里待上几个钟头——甚至把自己锁在里面。我说的是有时候，当然不是现在这会儿。在这种时候，一丝一毫的惊扰、一个陌生人走进屋子来都会使我心情烦躁……希望你能理解。”

“当然，先生，”霍尔太太说，“我想冒昧地问一句……”

“我想说的就是这些。”陌生人摆出一副就此打住的架势，显然他掌握结束谈话的主动权。霍尔太太只好暂且收起她的好奇心和同情心，等到适当的机会再说了。

据亨弗雷先生后来说，霍尔太太离开房间以后，陌生人就一直站在火炉前面看他修钟。亨弗雷先生干活时靠近灯火，绿色的灯罩把亮光聚在他的手上和机芯及齿轮上，室内的其他部分淹没在一片昏暗之中。当他抬起头来的时候，只看见一大片花花绿绿的颜色荡漾着。他生性好奇，就想在这里多待一会儿，所以他把零件拆了下来——其实大可不必，他想说不定还可以同这位客人攀谈几句。可是客人一动不动地站在那里，一句话都不说。在这种沉默的气氛中，亨弗雷神经紧张起来，他觉得仿佛只有他一个人在房间里。他抬起头来，朦朦胧胧地看见那包扎着绷带的头，就在自己的面前；还有那副大眼镜，死死盯着自己；镜片的前面，好像还弥漫着一层绿色的迷雾。亨弗雷顿时感到无所适从，他俩竟毫无表情地盯着对方达一分钟之久！然后亨弗雷又低下头来，心里暗自思忖：这种场面真是令人尴尬！总该有人找几句话来说，要不要说现在的天气在这个季节算是挺冷呢？

亨弗雷抬起头，好像准备率先打破僵局。“天气……”他开始说。

“你为什么不干完快走呢？”那个直挺挺站着的人说，显然他是在竭力压住火气，“你只要把时针装到它的轴上去就行了，你简直是在瞎弄。”

“当然，先生——还要一会儿。我疏忽了……”亨弗雷赶紧忙起来，做完后立刻走了出去。

可是他非常恼火。“该死的！”亨弗雷先生自言自语道，他冒着大雪，迈着沉重的脚步走出村去，“做事真得看准火候，当然……”

他接着说：“难道看都不准人家看你一眼吗？丑八怪！”

然后又说：“好像不可以似的。假如警察找到你头上来的话，恐怕你再也不能包着裹着了。”

到了格里森街拐弯的地方，他遇见了霍尔，霍尔的新婚夫人，就是陌生人住的车马旅店的女店主。他在伊平驾驶马车，有时根据旅客的需要把他们送到西德布里奇车站去，现在他正打那儿回来。从他驾车的样子来看，可以断定他在西德布里奇“逗留了一会儿，喝了一点酒”。经过亨弗雷身旁时，他问候道：“特迪，你好吗？”

“你家来了个怪人！”特迪·亨弗雷说。

霍尔勒住缰绳和气地问道："怎么回事？"

"天哪！有个怪里怪气的客人在车马旅店住下了。"特迪·亨弗雷说。

接着他活灵活现地向霍尔描述了那客人的怪模样。"像是经过乔装打扮的，难道不是吗？假如我家里住了个客人，我一定要看清楚他的长相，"亨弗雷说，"可是女人往往容易轻信别人，即使是对陌生人。他住在你家里，可是连个名字都不给，霍尔。"

"不会吧？"感觉迟钝的霍尔说。

"千真万确！"特迪·亨弗雷说，"他要住一个星期。无论如何你在一个星期之内是赶不走他的。明天他还有许多行李要运来，这是他自己说的。但愿箱子里装的不是石头，霍尔。"他告诉霍尔，他的姑妈在黑斯廷斯曾经被一个陌生人用空箱子给骗了。他的话让霍尔有点将信将疑。"驾！老伙计。"霍尔对着马吆喝了一声，又说，"我得去把情况搞清楚。"

特迪·亨弗雷的心里这才感到轻松了一点，他继续往前走。

霍尔非但没能"把情况搞清楚"，反而被妻子痛骂了一顿，因为他在西德布里奇耽搁得太久了。他心平气和地询问情况，妻子却因为心情暴躁，回答得牛头不对马嘴。尽管霍尔碰了钉子，可是特迪的话还是在他脑子里转来转去。"你们女人家什么都不懂。"霍尔先生说。他要想方设法把客人的身份查清楚。陌生人在九点半左右上床睡觉以后，霍尔先生好像故意找碴儿似的溜进客房，他仔细瞄了瞄妻子的家具，像是声明陌生人并不是这里的主人，然后又把陌生人留在那里的一张数学演算纸拿在手里，不屑一顾地瞄了一眼。晚上临睡前他又叮嘱妻子，明天陌生人的行李送来的时候得好好留神。

“你少管闲事，”霍尔太太说，“我的事我自己来办。”

她真想痛痛快快地骂霍尔几句，因为她自己也心烦意乱，感到对陌生人没有把握。毫无疑问，这位陌生人是一位异乎寻常的怪客。夜里她从梦中醒来，梦见许多白色的、像大萝卜似的大脑袋在后面追她。这些脑袋长在特别长的脖子上，上面有一双黑色的大眼睛。她是一个明事理的女人，她明白不能让霍尔知道其实她心里也非常不安。她翻了个身，又继续睡觉了。

第三章
上千只瓶子

2月9日，解冻的时候到了，天外来的怪客就在这天抵达伊平。第二天，道路上的雪开始融化，他那些稀奇古怪的行李运来了。行李包括两只皮箱——不错，这是旅行的人一般都会带的；可是除此以外，还有一箱书——这些书又大又厚，其中几本书上面写的字看也看不清楚；还有十几个柳条箱、木箱和纸箱，里面装着用草包好的东西。霍尔出于好奇随手拉了一把草，发现那些东西好像都是玻璃瓶子。霍尔正没事跟人闲聊，就打算帮忙把行李搬进去，这时那位陌生人急急忙忙地朝费伦赛德的车子跑来，他从头到脚都裹得严严实实的。他出来时没有注意到费伦赛德的狗，它正懒洋洋地嗅着霍尔的腿。

“把箱子搬进来吧，”陌生人说，“我等得太久了。”

他逐级而下，朝车子后面快步走去，像是要伸手去搬那个小一点的箱子。

可是费伦赛德的狗一看见陌生人，就竖起毛向他狂叫起来。当他冲下台阶的时候，狗突然跳起来，朝他的手直扑过去。“哇呀！”霍尔一边喊，一边向后退，他一向怕狗。这时候，费伦赛德喊了一声“趴下！”同时抓起了鞭子。

他们看见狗扑向陌生人，牙齿滑过他的手，接着被陌生人踢了一脚。狗侧身一跳，正好咬到他的腿上，只听“嚓”的一声，他的裤子被撕破了。这时候费伦赛德的鞭子才打在他的爱犬身上，狗吓得边叫边退，跑到车轮后面躲起来了。这一切都是转眼之间发生的。大家都在大声叫喊，听不到说话声。那个陌生人朝咬破的手套和裤子匆匆瞥了一眼，刚要弯下腰去摸他的腿，却突然转身奔上台阶，跑回旅店了。他们听见他快步穿过走廊，跨上没有地毯的楼梯，往客房走去。

“你，你这个畜生！”费伦赛德说，他拿着鞭子从车上下来。那只狗隔着轮子望着他。

“你还不给我过来！”费伦赛德说。

霍尔目瞪口呆地站在那里。“他被咬了，”霍尔说，“我还是去看看吧。”于是他赶紧追上去。他在走廊里遇见了霍尔太太。“车夫的狗咬了他。”他说道。

他一直走上楼梯，看到陌生人的房门虚掩着。他急于表达同情心，顾不得礼节就推门进去了。

房间里的窗帘拉上了，光线很暗。他看到一只没有手的胳膊在面前摇动，脸上有三个模模糊糊的大点子，底色是白的，就像一朵惨淡的三色紫罗兰。他从来没见过这么怪的东西。突然他的胸部被猛地一击，他不由得倒退了几步，房门迎面“砰”的一声关上了，还上了锁。他还没来得及看清楚，就突然挨了一下子。只觉得有个东西在眼前一晃，然后莫名其妙地打在他的胸口上。他站在黑暗的楼梯口，猜不出刚才看见的究竟是什么。

几分钟以后，他又回到车马旅店前的人群里来。费伦赛德又把客人被咬的整个过程描述了一遍。霍尔太太抱怨狗不该咬她的客人；路对面的杂货店老板赫克斯特还在刨根问底；铁匠桑迪·瓦杰斯正在评论是非；女人、孩子都在叽叽喳喳：“要是我，它就咬不着，我敢这么说。”“根本就不该养这种狗！”“干吗要咬他呢？”等等。

霍尔先生在台阶上看着他们，听他们七嘴八舌地议论，觉得刚才在楼上竟会看到这种怪事，实在叫人难以相信。他词汇贫乏，不足以表达他的感受。

霍尔太太问霍尔客人的情况，霍尔答道：“他说他不需要帮忙，我们还是把行李搬进去吧。”

“伤口应该马上烧一下，要是发炎的话，就更得烧了。”赫克斯特先生说。

“要是我的话，我就打死它。”人群里的一个女人说。

突然那只狗又咆哮起来。

“快点搬行李吧！”门口有人气鼓鼓地喊道。正是那位包扎着绷带的陌生人站在那里，他的领子向上翻起，帽檐压得很低。“你们快搬，越快越好。”事后有一个在场的人说，他的裤子和手套都换过了。

“您被咬伤了吗，先生？”费伦赛德说，“真对不起，那只狗……”

“没什么，”陌生人说，“没咬破皮。快把东西搬进去吧。”

据霍尔先生后来说，当时客人开始着急了。

按照他的吩咐，第一个箱子被搬进了客房。陌生人迫不及待地跑过去把它打开，地毯上弄得尽是稻草，他却毫不在意。接着他便从箱子里面拿出许多瓶子来：装着药粉的小圆瓶、装着五颜六色或乳白色液体的细长瓶子、标着“有毒”字样的蓝色细长瓶子、圆体长颈的瓶子、绿色的大玻璃瓶、白色大玻璃瓶、标签模糊的带玻璃塞子的瓶子、盖着精美软木塞的瓶子、有塞的瓶子、有木盖的瓶子、酒瓶、装生菜油的瓶子等。这些瓶子成排地放在碗柜上、炉架上、靠近窗口的桌上、地板的四周，以及书架上，到处都是。布兰勃赫斯特药房里的瓶子还不到他的一半。真是琳琅满目，颇为壮观。一箱接着一箱，里面全都是瓶子，等到六个箱子全空了以后，桌子上的稻草堆得像座小山。箱子里除了瓶子以外，还有一些试管和一架精心包裹的天平。

箱子刚打开，陌生人马上就坐到窗前开始工作。大堆的稻草、熄灭了的炉火、外面的一箱书，以及已经搬上楼来的箱子和其他行李，他全然不予理会。

霍尔太太送饭的时候，他正在全神贯注地将瓶子里的液体滴入试管，根本没有注意到她。后来她把稻草清理掉了，也许是因为看见地板上乱七八糟的，她把盘子稍微放得重了点儿，直到这时，他才听见她的响动。他侧过脸来，可是马上又转了回去。霍尔太太看到他的眼镜摘了下来，就放在他身旁的桌子上。她一眼望过去，觉得他的眼窝简直深得出奇。他戴上眼镜，然后才转过身来对着她。她正要就地上的稻草抱怨两句，不料他却抢先开口了。

“我希望你不要这样，门也不敲就进来。”听他说话的腔调可以知道，他又发火了。

“我敲了，但是好像……”

“也许你是敲了，但这些研究的确非常重要，不能再耽误了。我进行研究的时候，容不得丝毫打扰。所以下次开门时，务必请你——”

“当然，先生，你完全可以把房门锁上，随便什么时候都行。”

“好主意。”陌生人说。

“这些稻草，先生，恕我冒昧……”

“别说了。如果你认为这些稻草给你添麻烦了的话，就记在账上吧。”他嘴巴里咕咕哝哝，像是骂人似的。

他一手拿着瓶子，一手拿着试管，凶神恶煞般地站在那里。那副怪怪的样子让霍尔太太大吃一惊。她是个干脆的女人：“那么，我想知道，先生，你愿意出……”

“一先令，记在账上。一先令总够了吧？”

“行,”霍尔太太说,开始往桌上铺台布,“只要您满意,当然。”

他转过身去坐了下来，背对着她。

整个下午他都锁着门工作,并且正像霍尔太太所证实的那样，大部分时间里他都是沉默不语的。可是有一次，震动的声音和瓶子的响声混杂在一起，仿佛有人重重地捶了一下桌子，把碎玻璃使劲扔在地上似的，接着是一阵急促的脚步声。她怕出什么事情，便到门口去听，可是并不想敲门。

“我不能这样下去了，”他语无伦次地大喊大叫，“我实在不能这样下去了！三十万，四十万！这么大的数字！上当了！也许要耗费我一生的精力！……忍耐！确实要忍耐！傻瓜！傻瓜！”

霍尔太太很想听下去。这时酒吧间传来一阵铁鞋掌在砖地上走动的声音，她只好离开了，让他一个人去自言自语。当她返回客房门口的时候，里面又安静下来了，只是偶尔有一两下座椅和瓶子的轻微响声。一切都过去了，陌生人又开始工作了。

她给他端茶进去的时候，看见墙角里凹镜的下面有一堆碎玻璃，还有没有擦干净的黄色斑迹。她叫他注意这一点。

“记在账上就是了，”他说话时火气很大，“看在老天爷的分儿上，别来烦我！假如弄坏了什么，记在账上就是了。”接着，他看着面前的笔记本，在一张表上点点画画。

那天傍晚，费伦赛德和亨弗雷聚在伊平的一间小酒吧里聊天。

“跟你说件事。”费伦赛德神秘地说。

“什么事？”特迪·亨弗雷说。

“你说的那个家伙被我的狗咬了，嗨！原来他是个黑人。至少他的腿是黑色的。我从他的裤子和手套的破缝里看到了。你准以为我瞧见的是我们这种皮肤的颜色，是不是？可是，不对。完全是黑的，我告诉你吧，就跟我帽子的颜色一样。”

“天哪！”亨弗雷说，“那就怪了，为什么他的鼻子却是粉红色的，像胭脂一样！”

“确实如此，”费伦赛德说，“我知道这是怎么回事，把我的看法告诉你吧。这个人得了花斑病，特迪，黑一块，白一块，斑斑点点的。他怕难为情。他是个混血儿，可是他的肤色没有混合均匀，结果一块深一块浅。以前我也听说过。其实谁都见过，这种事常发生在马身上。”

第四章
库斯先生拜访陌生人

我用大量的篇幅叙述陌生人来到伊平以后的情况，是为了让读者清楚地了解他怪异的表现。要不是因为圣灵降临节之前两件偶然发生的事，他在伊平逗留的日子也就平安无事地过去了。他和霍尔太太虽然常为鸡毛蒜皮的小事发生口角，可是在 4 月底他第一次表现出手头拮据以前，每次他付点钱就把她打发了。霍尔不喜欢这位客人，有时他壮着胆子跟太太说，最好把他打发走。人们可以感觉到霍尔在刻意掩饰心中的不满，他尽量回避这个怪家伙。“等到夏天再说吧，那时候艺术家们就来了。”霍尔太太一本正经地说，“他也许有点儿狂妄，但不管怎么说，他毕竟按时付账呀。”

陌生人从不上教堂，因此礼拜天和平常的日子对他来讲完全一样，到了礼拜天他甚至连服装也不换。霍尔太太认为他的工作太没有规律了。有时候他很早起来忙个不停，有时候他起得很晚。一天下来有好几个小时，都可以听见他烦躁不安地在房间里走来走去，不停地抽烟，或者坐在火炉旁的椅子上打盹儿。他和村子以外的世界没有任何来往。他的脾气一直变化无常。在很大程度上，他的言谈举止表明他好像是在忍受着几乎忍无可忍的刺激，有一两次他像抽风似的暴跳如雷，把东西折断、撕破、捣毁或打碎。他愈来愈习惯于低声地自言自语了。尽管霍尔太太仔细倾听，还是听不出什么头绪。

他白天几乎不出门，可是在天色昏黑的时候，他往往会到外面去。不管天气是否寒冷，他总要裹得严严实实的。他专走那些最偏僻的小道，或者在树木和山坡下最阴暗的路上走。他戴着蓝眼镜，帽檐底下的脸部缠着绷带，在黑暗中突然出现，跟鬼一样，常有一两个下班回家的工人让他给吓着。一天晚上九点半，特迪・亨弗雷跌跌撞撞地从“红衣酒店”出来，开门的时候，一道灯光从酒店射出，照在陌生人骷髅似的脑袋上（他手拿帽子在走路），把亨弗雷的魂都吓掉了。凡是在傍晚看见他的孩子都要梦见妖怪。谁也说不清楚，究竟是他更讨厌孩子，还是孩子更讨厌他。可是毫无疑问，他们相互之间都十分反感。

当然，在伊平这样的村庄里，一个人的外貌和举止都这么独特，难免会成为人们的日常话题。关于他的职业众说纷纭。霍尔太太在这一点上十分敏感。每当有人问起，她都小心翼翼地解释，说他是一个“实验研究员”，她说这几个字时特别谨慎，好像生怕出什么错似的。当人家问她什么叫“实验研究员”的时候，她就会做出一副傲慢的神态，说这些东西只有受过最高等教育的人才知道，然后解释说，他是“发明东西的”。她又说她的客人曾经遇到一次事故，因此他的手和脸暂时变了颜色，由于客人生性敏感，所以不愿让大家注意他这一点。

霍尔太太并不知道有许多人背地里抱着另外的看法。他们认为，他是一个逃犯，浑身都包扎起来，是想借以躲过警察的眼睛，从而逍遥法外。这是特迪·亨弗雷先生的想法，但从 2 月中下旬以来大小案子都没有发生过。国民学校的见习教员古尔德先生煞费苦心，终于想出一整套见解，他认为这位陌生人是装起来的无政府主义者，正准备制造炸药。古尔德先生时间充裕，他决定从事这项侦探工作。大概正因为如此，他每次遇见陌生人总是盯着他看，或是向那些从来没有见过陌生人的村民去打听线索。可是至今他一无所获。

另一派意见是附和费伦赛德先生的，他们要么接受了他关于花斑病的观点，要么就在此基础上添油加醋。例如，据说赛拉斯·德根曾断定：“假如他到集市上把自己展览一下，马上就可以发财。”赛拉斯·德根多少算个神学家，他把陌生人比作《圣经》里那个得了一两银子却埋在地下的人[1]。另外还有一种看法，认为这位怪客是个不会造成危害的疯子。依据这种观点，所有的疑惑都可以

1 这里指《圣经》上关于一个奴隶的寓言，说有一个奴隶从主人那里得到一个塔伦（古钱币单位）之后，不是拿去经营或周转生息，而是把钱埋在地下，即用来指代不会利用自己钱财的人。

迎刃而解。当然，也有毫无主见和采取折中意见的人。苏塞克斯郡的老百姓是不太迷信的，直到4月初的事情发生以后，村子里才开始有人疑神疑鬼。即使在那时候，也只有女人才相信。

只要一想到他，伊平的人都一致表示憎恶。他性情暴躁，这一点对于从事脑力劳动的城里人来说是不难理解的，但是，性情温和的苏塞克斯村民对此却不免大惊小怪。他们不时要受他狂妄举动的惊吓。天黑以后在僻静的角落里，他迈着急匆匆的步子向他们走来，对任何人的好奇或试探都给予无情的还击。他喜欢昏暗，整天关门闭户、灭灯熄火——谁愿意这样忍受下去呢？当他走过村庄的时候，人们都在躲闪，等他走过去以后，爱开玩笑的年轻人就翻起领子，拉下帽檐，模仿他故作神秘的样子，跟在他后面大摇大摆地走着。当时，有一首叫作《怪人》的歌曲非常流行，为了募捐给教堂买灯钱，萨切尔小姐曾经在一次学校演唱会上演唱过。从此以后，每当这位陌生人出现，他们便用口哨吹起这首歌曲中的一两节，音调多少有些走样。跑过来的孩子们也会跟在他后面喊一声“怪人！”然后就得意洋洋地撒腿溜走了。

库斯是一位医生，对于陌生人他实在觉得好奇。绷带引起了他职业上的兴趣。听说陌生人有上千只的瓶子，他心中顿时充满敬意，可又有几分妒忌。在整个4月和5月里，他都盼望着能和陌生人交谈一次，最后，临近圣灵降临节的时候，他再也忍不住了，便以村子要募款请一个护士为借口，拿着募捐单找他去了。令他大吃一惊的是，霍尔先生居然连房客的名字都不知道。

“他告诉过名字的，”显然霍尔太太是在胡编，“不过我没有听清楚。”她也明白不知道房客的名字未免太糊涂了。

库斯敲了一下客房的门便进去了，他听见里面清清楚楚地骂了一声。

“对不起，打扰您了。”库斯说，然后房门一关，下面的谈话霍尔太太就听不清了。

在接下来的十分钟里，她只听见里面在低声说话，后来忽然传出一声惊叫，接着是一阵跺脚声、扔椅子的声音、一声干笑，急促的脚步向门口走来，然后库斯出来了。他面色煞白，侧脸望着旁边。他门也不关，瞧也不瞧霍尔太太一眼，便大步穿过门厅，走下台阶。他急匆匆地走着，帽子拿在手里。她站在酒吧间的后面，看着客房那扇打开的门。她听见陌生人在房间里走来走去，轻轻地冷笑。她站在那儿看不见他的脸。门“砰”的一声关上了，一切又恢复了平静。

库斯直接跑到本村的邦廷牧师家里。

“我疯了吗？”库斯走进简陋的小书房，张口就说，“我像个疯子吗？”

“出了什么事了？”牧师说，他把菊石压在布道的讲稿上。

“旅馆里的那个家伙……”

“怎么了？”

“给我一点喝的。”库斯坐下来说。

好心的牧师仅有的饮料就是低廉的白葡萄酒。一杯喝下去以后，库斯的头脑清醒了一些，就把刚才会见陌生人的经过告诉牧师。

“我进去了，”他喘着气，“请他捐款给我们聘用护士。我进去的时候他的手插在口袋里，他重重地往椅子上一坐，老是用鼻子吸气。我对他讲听说他对科学很有兴趣，他说‘是的。’接着鼻子又响了。鼻子老是不停地出声，不用说是刚刚得了重感冒。难怪他包成那样。接着我谈到请护士的事情，说话时我睁大眼睛望着周围。到处都是瓶子、药品、天平、插在架子上的许多试管，还有月见草的味道。问他肯捐吗？他说要考虑一下。我就直截了当地问他是不是在搞研究。他说‘是的’。我问这是长期的研究吧？他说，历经磨难，是个‘长得不能再长的研究’，他说话时好像在发泄怒气。我说了一声‘噢’。于是他发起牢骚来了。他本来就要发火，我这一问正好火上浇油。他说他曾得到过一个配方，一张最有价值的配方。干什么用的他却没有说。我问他是治病用的吗？他说：‘该死的家伙！你想打探什么？’我赔了个不是。他很夸张地吸了一下鼻涕，还咳嗽了一声。接着他又说，他看过配方，其中包括五种成分。当时他把那张配方搁在一旁，回头的时候，从窗户进来一阵风，把纸吹了起来。纸在半空中沙沙作响。他说他工作间里的壁炉是没有护栏的。只瞧见火光一闪，那张配方烧着了，向上面的烟囱飘去。他冲过去抓的时候那配方正好飘起来。讲到这里，为了生动叙述他的故事，他就把胳膊伸出来了。”

“后来呢？”

“里面没有手，只是个空袖子。天呀！我当时还以为他是个残疾人呢！我以为他装了个假手，现在卸下来了。后来我想这件事有些古怪。假如里面是空的，他怎样使袖子抬起撑开的呢？千真万确，里面什么也没有。一直到上面的关节，什么也没有。我可以一直看到他的胳膊肘的位置，有一线微光打他衣袖上的破洞照进去。我喊了一声‘老天爷！’于是他停下来，他那副死气沉沉的蓝色眼镜瞪着我，然后又看看自己的袖子。”

“然后呢？”

“就到这里。他什么也不说，光是瞪着眼，赶紧把衣袖放回口袋去。他说：‘我刚说到写配方的纸烧起来了，是不是？’他咳嗽了一声好像是在询问。‘真奇怪，’我说，‘一只空袖子，你怎么能使它动呢？’‘空袖子？’他问。‘可不是，’我说，‘一只空袖子。’

“‘是一只空袖子吗？你看到的是一只空袖子吗？’他马上站起身来。我也跟着站了起来。他慢慢地向我走了三步，站得很近。恶狠狠地用鼻子大声吸气，可是我并不害怕，我敢说，那个包着的脑袋和那副大眼镜静静地向你逼过来的时候，不把你吓个半死才怪呢。

“他问我：‘你说这是一只空袖子？’‘当然。’我说。他一声不吭地盯着我，当时我的脸上连副眼镜都没有，被他看得直发毛。他又悄悄地把袖子从口袋里拉出来，向我举起了胳膊，好像要让我再看一遍似的。他的动作极其缓慢，我就那样看着，好像经历了一个世纪似的。‘不是吗？’我清了一下嗓子说，‘里面什么也没有。’我总得说点什么吧。我开始害怕起来。我可以一直看到袖筒里面。他慢慢地、慢慢地向我伸直，正像这样，最后，袖口离我大约六英寸。一只空袖子竟能这样向你伸过来，真是太奇怪了！后来……”

“又怎么了？”

“有某种东西，正像两个手指一样，捏住了我的鼻子。”

邦廷笑了起来。

“可里面确实什么也没有！”库斯说。他说“里面”两个字的时候声音都变了。“你尽管笑，可是我跟你说，我可真吓坏了，我在他袖口上重重地碰了一下，转身就跑出来了，离开了他。”

库斯不再说了。他那副惊慌失措的样子看来绝不是装出来的。他费了好大劲儿才转过身来，又喝了一杯这位令人尊敬的牧师的廉价白葡萄酒。“我碰到他袖口的时候，”库斯说，“我告诉你，感觉就像碰在胳膊上一样。可是那里头没有胳膊！连个胳膊影子都没有！”

邦廷先生想了一下，看着库斯，心中满是疑惑。“这件事实在是太奇怪了。”他说。他的确显得既足智多谋又沉着冷静。邦廷先生斟酌之后以强调口吻说道：“这件事实在太奇怪了。”

第五章
邦廷牧师家被盗

这里叙述的主要是牧师和他的夫人向我们透露的他们家被盗的详细情况。事情发生在圣灵降临节后的第一个星期一——伊平人把这一天当作欢聚的节日。好像是在破晓之前万籁俱寂的时候，邦廷太太突然醒了，她明显感觉到卧室的门被打开后又关上了。起初她没有喊醒丈夫，只是坐在床上静听，然后她清清楚楚听见“啪啪啪”的脚步声，有人光着脚从隔壁的更衣室穿过走廊向楼梯走去。她觉得确实有些不对劲儿，就轻声喊醒了邦廷牧师。牧师没有点灯，他戴上眼镜，披上夫人的睡衣，穿上拖鞋，来到楼梯口聆听动静。他很清楚地听见有人在楼下的写字台上找东西，接着又是一声很响的喷嚏。

他立刻回到卧室，顺手拿了一根拨火棒当作武器，然后便蹑手蹑脚地下楼去了。邦廷太太走出卧室，站在楼梯口。

当时大约是凌晨四点钟，已经是黎明时刻。大厅里微微有些亮光，可是，敞开的书房门口却依然是漆黑一片。除了邦廷先生在楼梯上走动发出一点声音，以及书房里稍微有一些动静外，周围都是静悄悄的。好像有什么东西折断了似的，抽屉被打开了，还有翻动纸张的沙沙声。随后里面骂了一声，有人划了一根火柴，书房里一片黄光。这时候邦廷先生已经来到大厅了，他从门缝里看见写字台的抽屉被拉开了，桌上放着一根蜡烛。但是他却看不见小偷。他站在大厅里，不知道怎么办才好。邦廷太太也慢慢地跟着丈夫从楼梯上下来了，她面色苍白，神情非常紧张。邦廷先生不那么害怕，因为他相信小偷肯定就是本村的居民。

他听见硬币的叮当声，他知道小偷一定找到家里的积蓄了——一共是两镑十先令，都是半镑一个的金币。一听到这个声音，邦廷先生不禁冲动起来，他紧握着拨火棒冲进房去，邦廷太太也紧随其后。

“不许动！”邦廷先生厉声喝道，可是他马上呆住了。里面空无一人。

可是，他们完全可以肯定刚才有人在房里走动。他们站在那里喘了一会儿气，然后邦廷太太穿过房间去看屏风后面，邦廷先生显得也很聪明，察看了一下桌子底下。邦廷太太把窗帘翻过来，邦廷先生检查了烟囱，并且用拨火棒探了一下，随后邦廷太太看了看放废纸的大篓子，邦廷先生打开了煤箱的盖子。最后他们停了下来，站在那里大惑不解地互相看着。

“我可以肯定这里刚才有人。”邦廷先生说。

“蜡烛！”邦廷先生叫道，“谁点的蜡烛？”

“抽屉！”邦廷太太也叫了起来，“钱不见了！”

她急忙走到门口。

“天底下竟有这等怪事——”

突然，走廊上有人大声打了一个喷嚏。他们连忙冲过去，只听见厨房门砰地关上了。“把蜡烛拿来！”邦廷先生说，并在前面带着路。他们听见门闩被匆忙拉开的声音。

当他打开厨房门的时候，他隔着洗涤间，看见后门正在打开，在晨曦之中，花园里仍显得一片漆黑。他肯定还没有人走出去。门开了，马上“砰”的一声又关上了。邦廷太太从书房赶来了，关门煽起的风将她手里的蜡烛吹得摇曳不定。他们站在厨房门口，过了一分多钟才进去。

厨房里空无一人。他们重新锁好后门，彻底检查了厨房的各个角落，最后，又走进地下室。任凭他们怎样搜寻，却连个鬼影子也找不到。

天亮了，烛光已不起什么作用，蜡烛还在流淌。这一对装束滑稽的夫妇表情诧异，久久地站在楼下发呆。

第六章

家具也疯了

圣灵降临节后第一个星期一的清晨，米丽还没被找来吩咐任务，霍尔夫妇就悄悄地起床，蹑手蹑脚地到地下室去了，准备干一件见不得人的事情。他们打算在啤酒的成分上做些手脚。

他们刚走到地下室的门口，霍尔太太忽然发现，忘了把制造啤酒沫的一瓶菝葜[1]水带来。干这件事她一向是老手，而且每次主要是她动手操作，因此理所当然就由霍尔上楼去取瓶子。

走到楼梯口的时候，他看见陌生人的房门半开半掩，觉得非常奇怪。他走进自己的房间，并且根据霍尔太太的提示找到了那个瓶子。

当他下楼的时候，霍尔注意到前门的门闩拉开了，或者说那

1 菝葜是一种植物，根部含有能制造泡沫的物质。霍尔太太在啤酒里放入这种植物根部提炼的液体，目的是多出泡沫，产生更多利润。

扇门实际上只不过是随便带上了一点儿。他一下就联想到楼上陌生人的房间和特迪·亨弗雷先生的那些话。他清清楚楚地记得，昨晚他拿着蜡烛照着，霍尔太太把门闩拉上了。现在却看见门闩是拉开的，他一下子给搞蒙了。他马上带着瓶子重新跑上楼去。他敲了一下陌生人的房门，可是没人答应。他又敲了几下，然后推开了房门，走了进去。

果然不出所料，床上没人，房间里也没人。尽管霍尔脑筋相当迟钝，但是面对周围的情景他不能不感到奇怪：客人的外衣——据他所知，这是陌生人唯一的外衣——还有绷带都丢在房间的椅子和床沿上，那顶大帽子懒洋洋地歪戴在床柱上。

霍尔呆呆地站在那里，听见地下室里传来了妻子的声音。她已经有些不耐烦，提高了说话的尾音，苏塞克斯村民急躁起来通常就这么说话。“乔——治！你找到我要的东西了吗？”她喊道。

他马上转过身来，急忙跑下楼去。

“珍妮，”他还在地下室台阶上，就隔着栏杆说，“亨弗雷的看法很对。他不在房里，不在。前门也打开了。”

起初霍尔太太听不大懂，等她明白过来以后，便决定到房间看看。霍尔在前面引路，手里还抓着瓶子，“他人虽不在，”他说，“衣服倒在。他不穿衣服出去干吗呢？太奇怪了。”

据事后判定，当他们从地下室上来的时候，仿佛都听见前门开关的声音，可是他们看见门关得好好的，又没有其他东西在那儿，所以当时没有相互提起这件事。霍尔太太在走廊里跑到丈夫前面，首先上了楼梯。有人在楼梯上打了个喷嚏。霍尔在后面，和她相隔六级阶梯，以为是她打的喷嚏；而她在前面，又以为是霍尔在打喷嚏。她推开房门，站在门口仔细观察房间里面。“真奇怪！”她惊叹道。

她似乎听见后面有鼻子吸气的声音，可是回头一看，却发现霍尔刚上楼来，距她有十几英尺，她不禁感到非常诧异。霍尔马上就过来了。他们走到床边，她弯下腰来，摸摸枕头上面，又摸摸衣服下面。

“冷的，”她说，“他起身至少有一个钟头了。”

就在这时，一件诡异的事情发生了。床单自动地堆成一团，突然弹起来形成一个尖顶的形状，然后尖顶向下，自动弹跳到床边的护栏上去。这正像有一只手抓住床单的中央，向边上一甩似的。陌生人的帽子随即也从床柱上跳了下来，在空中画了大半个圆圈，打在霍尔太太的脸上。接着，一块海绵从脸盆架上飞了出来，椅子也自动过来了，椅子上的衣裤被抛向一旁，然后椅子冷笑起来，那声音简直和陌生人的一模一样。突然，椅子的四条腿对着霍尔太太，好像瞄准了一会儿，向她直冲过来。她尖叫一声，转过身去，椅子的四条腿不慌不忙地逼在她身后，把她和霍尔赶了出去。房门被猛地关上了，并且锁了起来。里面的椅子和床上还在发出响声，好像庆祝胜利似的。一阵闹腾过后，里面突然又安静下来了。

在楼梯口，霍尔太太差一点儿就晕倒在霍尔先生的怀里了。

米丽被她的惊呼声吵醒了，她跑了过来，和霍尔先生费了九牛二虎之力才把霍尔太太抬到楼下，他们按照这种情况下的惯常做法，给她服用了镇静剂。

“是鬼，”霍尔太太说，“我知道这是鬼。我在报上读到过，桌子和椅子跳舞……”

“再喝一口吧，珍妮，”霍尔说，“药会使你清醒的。”

“把他锁在外面，”霍尔太太说，“别再让他进来了。我有点明白了……我早该知道了。他整天蒙着眼睛，包着脑袋，从来不上教堂做礼拜。还有那么多的瓶子——比谁的都多。他一定给家具施了妖术。我可怜的老家具呀！我小时候我的好妈妈常坐那把椅子，现在它居然跳起来对着我……”

“再喝一口吧，珍妮，”霍尔说，“你太紧张了。”

早上五点钟，金色的阳光照耀着大地，他们叫米丽过街去把铁匠桑迪·瓦杰斯喊起来。

主人让米丽转达对瓦杰斯先生的问候，并告诉他楼上家具作怪的事情。瓦杰斯先生肯来吗？

桑迪·瓦杰斯先生见多识广，知道该怎么办。他很重视这件事。“假如不是妖术，你们就杀了我。”这就是桑迪·瓦杰斯的看法。“对付他这种妖术你们得用马蹄铁。”他满心关切地来到了旅店。他们要他领着到楼上的房间去；可是他却好像一点也不着急，更愿意在走廊里谈话。对街赫克斯特的学徒出门把烟草橱窗的遮板取下来，也被他们叫来参加讨论。几分钟以后赫克斯特先生也跟来了。这帮人表现出盎格鲁–撒克逊人在议会治理国家的才能：只有夸夸其谈，没有坚决的行动。“我们还是先把事实搞清楚吧。”

桑迪·瓦杰斯先生坚持自己的想法，说道：“首先必须确定，我们破门而入是否完全正确。不破的门总是可以撞破的，可是一旦撞破了，就没法再使它还原了。”

突然，楼上的房门奇怪地自动打开了，他们惊异地抬起头来，只见陌生人穿戴着衣帽，身体遮得严严实实的，从楼梯上走下来。他戴着那副大得出奇的蓝色护目镜，瞪着大家，看上去比往常更加阴森可怕。

他步子僵硬，缓慢走下楼来，老是瞪着眼；他穿过走廊，然后停下了脚步，还是瞪着大家。

“看那儿！”他说，他们都顺着他指的方向望去，只见靠近地下室门口的地方有一瓶菝葜水。然后他走进客房，突然，“砰”的一声，把门狠狠地给关上了。

在重重的关门声以后，没人说一句话。他们目瞪口呆地相互看着。

“如果这还不够奇怪的话，我就……”瓦杰斯先生没把话说完。

“要是我，我就进去问他，”瓦杰斯对霍尔说，“我要他解释一下。”

过了很久，霍尔终于鼓足了勇气。他过去敲客房的门，随后就推门进去：

“打扰一下——”

“滚蛋！”陌生人厉声呵斥，“滚出去，把门关上。”

这次会见就这样草草地结束了。

第七章
陌生人剥去伪装

清晨五点半左右，陌生人走进供他专用的旅店客房。他紧闭门窗，一直待到将近正午的时候。自从霍尔先生碰了钉子以后，谁也不敢冒险去接近他。

这段时间里他肯定什么东西都没有吃。他摇了三次铃，第三次他愤怒地摇个不停，可是谁也不理他。“真该让他滚蛋！”霍尔太太说。不久人们就零星地听到牧师家里被盗的消息，于是他们就联想到其他一些事情，并开始进行推断。霍尔在瓦杰斯的陪同下，前去请示地方官沙克尔福斯先生。没有人敢到楼上去，谁也不知道陌生人在干什么。不时可以听见他在房间里暴躁地走来走去，里面还传出了一两次咒骂声，以及撕纸和瓶子碰撞的声音。

聚在车马旅店的人愈来愈多了，这帮人生性胆小却又十分好奇。赫克斯特太太也过来凑热闹。此外，人群里还有几个活泼的小伙子，他们穿着做工考究的上衣，打着斜纹纸领带——因为这是圣灵降临节后的第一个星期一。他们提的问题乱七八糟，不知所云。年轻的阿奇·哈克撇开人群走到院子里，从窗帘缝里看了看，其实他什么也没有瞧见，却硬是说看见了，于是其他的伊平青年马上也一窝蜂地跟了上去。

圣灵降临节后的第一个星期一难得遇到这样的好天气。村子里的街道上摆了十几个摊子，还有一个靶场。铁匠店旁边的草坪上停着三辆浅褐色的运货马车，几个打扮新奇的陌生男女正在布置一种用椰子果做标靶的游戏。男的穿着蓝色紧身衣；女的围着白色围裙，戴着时髦的帽子，上面插着一大堆羽毛。紫鹿旅馆的伍德耶和代售旧自行车的皮匠贾格斯先生，正把一串英国国旗和王室的旗帜横挂在马路上空，这些旗帜曾在维多利亚女王即位五十周年的庆典上用过。

此时在车马旅店内，陌生人的房间被遮得一片漆黑，只有一线阳光透进屋来。他一定饿了，浑身裹得又热又难受，样子很吓人。他隔着阴暗的眼镜仔细看材料，要不然就是把很脏的小瓶子弄得锵锵作响，有时候他还野蛮地咒骂窗外那些孩子。他虽然看不见他们，但是能听见他们的声音。炉边的墙角里有六七只摔破的玻璃瓶的碎片，空气里有一股刺鼻难闻的氯气味儿。我们所了解的这些情况，都是当时在外面听到的和事后在屋里看到的。

将近中午的时候，陌生人突然打开房门，站在那里瞪着吧台这边的三四个人。“霍尔太太。”他喊了一声。有一个胆小鬼马上去叫霍尔太太了。

过了一会儿，霍尔太太来了，她有点气喘吁吁的，态度就显得更凶了。此时霍尔还在外面。霍尔太太早已料到这个局面，她带来一个托盘，上面放着一张未清的账单。“先生，您是在等您的账单吗？”她说。

“为什么不给我送早饭？为什么不给我做饭，听见铃响也不来，你以为我不吃能活吗？”

“我想知道你为什么还不付账？”霍尔太太说。

“三天以前我就告诉你了，我在等一笔汇款。”

“三天以前我也告诉你了，我是不愿意等什么汇款的。你才等了一会儿早饭，而我等你付账已经等了五天了，你说你凭什么抱怨？”

陌生人狠狠地骂了一声。

“别吵了，别吵了！”吧台这边的人嚷嚷着。

“你是骂你自己吧，先生，那我太感激了，先生。”霍尔太太说。

陌生人站在那里，更像一个生气的潜水帽了。酒吧间里的人都觉得霍尔太太占了上风。从他下面的话里就可以听得出来。

“是这样，好太太。”他开始说。

“别跟我来这一套。”霍尔太太说。

“我对你说过我的汇款还没有到。”

“别说什么汇款！”霍尔太太说。

“可是，我说我的口袋里还……”

“三天以前你对我说，你除了一镑银币以外，什么也没有了。”

“是的，不过我又找到了一些。”

“哟！”酒吧间里发出一阵感叹。

“我觉得奇怪，你是从哪儿找到的？”霍尔太太说。

这句话把陌生人惹火了，他气得直跺脚。“你是什么意思？”他说。

“我觉得奇怪，你的钱是打哪儿找来的？”霍尔太太说，“在我结账、准备早饭，或者不管你再要我做什么之前，你必须首先给我解释清楚几件事，大家都让你搞蒙了，你赶快说吧。我要知道你在我椅子上做了什么手脚，还有，你的房间怎么会没人，你又是怎么回去的？住在这幢房子里的人都是从门进来的。这是我们这儿的规矩，可是你却没有这么做，我要知道的就是你究竟是怎么来的。我还要知道……”

突然，陌生人举起戴着手套的手，握紧拳头，跺着脚说：“闭嘴！”顷刻间，他暴跳如雷。霍尔太太顿时不作声了。

“你想知道，我是谁？我是什么人？”他说，“好啊！我向老天爷发誓，我这就让你看看。”他把手贴在脸上，然后往外一扯。脸的中央变成了一个黑洞。“接着！”他说。他走上前去，把一样东西递给霍尔太太。她望着他那变了形的面孔，不由自主地接了过来。当看清楚究竟是什么东西以后，她大声尖叫起来，把它扔在地上，跌跌撞撞地往后退去。那是鼻子！正是陌生人的鼻子，粉红色的，而且亮晶晶的，在地板上滚着，发出空纸盒的声音。

随后他又摘掉了眼镜，酒吧间里的人都吓得喘不过气来了。他脱掉帽子，用力去扯胡子和绷带，可一时还扯不下来，他的动作非常粗野。在酒吧间里，人们突然感到要大祸临头了。“啊，我的天！”有人喊道。最后，陌生人的胡子和绷带掉下来了。

这一来情况更糟了。霍尔太太吓得张口结舌，冲着她看见的东西怪叫，赶紧往门口逃去。所有人都慌乱起来。他们以为会看见一些伤疤或者破相之类的有形的东西，可是空空洞洞，什么都没有，他们吓坏了。绷带和假发穿过走廊飞进了酒吧间，人们慌不择路地躲避它们，连滚带爬地下了楼梯。刚刚站在那里语无伦次的陌生人，转眼间成了一个上面没有脑袋，衣领以下仍然能走能动的躯干！

村子里的人听到了这边鬼哭狼嚎的声音，他们抬头往街上一看，只见车马旅店里的人正拼命地向外逃。霍尔太太摔在地上，后面的特迪·亨弗雷先生及时地一跃而过，才算没有踩到她身上。接着只听见米丽一声惊叫。原来她听见骚动，急忙从厨房跑出来，却一头撞在无头怪人的背上。然后人们突然愣着不动了。

一路上所有人都向旅馆奔来，其中有糖果贩、椰子靶场的老板和伙计、管秋千的业主、男孩子和女孩子、乡下大少爷、漂亮的乡村姑娘、穿劳动套衫的老头儿，还有围着大围裙的吉卜赛姑娘。刹那间，这里就聚集了一群人，大约有四十人，而且人数还在迅速地增加。霍尔太太被吓瘫了，有几个人把她架了起来。一大堆人在门口挤来挤去，他们吵吵嚷嚷、问这问那，还在指手画脚地发表意见，人人都急于表达，结果乱成一片。一个目击者在大声嚷嚷，说陌生人“是个妖怪”。“他到底在干什么？”“他有没有伤害那个姑娘？”“我想他追她的时候手里一定拿着刀。”“没有脑袋，我告诉你吧。我不是指说话没头没脑，我是说没有脑袋的人！”“胡说！这又不是玩魔术。”“他的绷带一解开，他就……”

旅店的门是开着的。这一群人争先恐后，都想看一眼门里的情况。他们形成一个楔形，艰难地向前移动。最靠近旅馆的是一些胆子较大的人，他们构成楔形的顶端。“他站了一会儿，我听见那女孩子尖叫起来，于是他转过身子。我看见她的裙子一闪，他就追上去了。不到十秒钟，他又拿着一把刀和一块面包回来，站在那儿好像在盯着我们。就是刚才的事。从那扇门进去了。我告诉你，根本就没有脑袋，你恰巧错过了……”

后面一阵骚动，于是说话的人停了下来，给直奔屋子去的一小队人让开道路。霍尔先生走在最前面，他满脸通红，显然决心要彻底解决问题；中间是村警鲍比·杰弗斯先生；谨小慎微的瓦杰斯先生跟在最后。现在他们带着拘捕令来找陌生人。

大家众口不一地报告着刚才发生的情况。“管他有没有脑袋，”杰弗斯说，“我都得拘捕他，立即执行。”

霍尔先生大踏步跨上台阶，一直跑到客房门口，发现房门敞开着。“警官先生，”他说，“动手吧。”

杰弗斯走了进去，接着是霍尔，瓦杰斯还是跟在最后。他们在朦胧之中看见那个没有脑袋的身体正对着他们。他戴着手套，一手拿着咬过的面包，一手拿着一小块奶酪。

“就是他。”霍尔说。

“搞什么鬼名堂？”这句话从那个身体的领子上面传了过来，语气中透露出怨气。

“你是位可疑的房客，先生，我们要拘捕你。”杰弗斯先生说，“不管你有没有脑袋，拘捕令上说的是把你这个‘人’抓起来，公事公办——”

“滚开！”那个身体一面说，一面开始后退，突然把面包和奶酪往地上一扔。霍尔先生正好把桌子上的刀抢在手里。陌生人把左手的手套甩了出来，打在杰弗斯的脸上。杰弗斯就此打住关于拘捕令的话题，一把抓住那只没有手的胳膊，并且抓住了他看不见的喉咙。杰弗斯的膝盖被狠狠地踢了一脚，疼得他叫了起来，可是他还是紧紧抓着不放。这时候，霍尔顺着桌面把刀滑给瓦杰斯，可瓦杰斯好像守门员一样，只是一味防守，并不打算主动出击。杰弗斯和陌生人东倒西歪地扭打起来，摇摇晃晃地就过来了，霍尔跑上前去拳脚相加。一张椅子挡住了路，他俩齐刷刷地摔在上面，椅子“砰”的一声被撞到旁边去了。

“抓住脚。”杰弗斯筋疲力尽地说。

霍尔正准备去抓，他的肋骨却被狠狠踢了一脚，一时动弹不得。瓦杰斯眼看无头人已经翻过身来压在杰弗斯身上，便拿着刀向门口撤退。这时候，赫克斯特和西德布里奇的马车夫正从外面进来，打算帮助维持秩序，正好撞上瓦杰斯。碗柜上突然掉下三四个瓶子，屋子里顿时弥漫着一股刺鼻的气味。

“我愿意投降。”陌生人叫道，不过他已经把杰弗斯打倒在地。过了一会儿，这个既没有头又没有手（因为他已经把两只手套都扔掉了）的怪物气喘吁吁地站起来了。“何必要这样呢？”他的声音带有几分伤感。

说话的声音好像从某个空荡荡的地方发出来，这大概是世界上最奇怪的事情了。可是苏塞克斯的农民却是天下最讲求实际的人，不能光是好奇，还得干点实事。杰弗斯站了起来，亮出一副手铐，可是他愣住了。

“听着！”杰弗斯命令道，然而他突然觉得整个事情都不太对劲儿，所以又把手铐收了起来，“该死！照我看来，不能用手铐了。”

陌生人把胳膊伸到马甲里，好像变戏法似的，凡是他的空袖子所到的地方，纽扣都解开了。然后他说他的腿受伤了，就俯下身去，好像在鞋袜上面摸索什么。

“哎呀！”赫克斯特突然说，“这根本不是个人，只是些空衣服！瞧！你可以顺着他的领子看到衣服的前后衬里。我可以把我的胳膊——”

他伸出手去，好像在半空中碰到了什么，便大叫一声，把手缩了回来。“别碰我的眼睛，”声音在恶狠狠地警告，“事实上我整个人都在这儿——脑袋、手、脚和身体的所有其他部位，不过我是隐身人。你们觉得讨厌，可是我就是这样。伊平的乡巴佬儿干吗个个都来跟我作对？”

现在陌生人的衣服纽扣全都解开了，他的躯体好似看不见的衣架，衣服松松垮垮地挂在上面。他站在那里，两手叉着腰。又过来了几个男子，房间里拥挤不堪。“隐身？”赫克斯特不顾陌生人的辱骂说道，“谁听说过这样的事情？”

“也许你们觉得奇怪，可是这并不犯法。为什么警察要这样跟我过不去呢？”

“啊！这是另外一回事，”杰弗斯说，“当然，在这种光线下你的眼睛是看不清的，但我这有一张拘捕令，而且绝对不会搞错。我来拘捕你，不是因为隐身术，是因为盗窃案。有一家被盗了，钱被偷走了。”

“噢？”

“所有情况都指明——”

“胡说八道！”隐身人说。

“我也希望这样，先生。不过我是奉命而来的。”

“那好吧，”陌生人说，“我就来。我马上就来。可是不要用手铐。”

“这是规矩。”杰弗斯说。

“别给我戴手铐。”陌生人坚持他的要求。

“对不起。”杰弗斯说。

忽然间，那身体坐了下来，人们还没搞明白他在干些什么，拖鞋、袜子和裤子都已经脱了下来，被踢到桌子底下去了。然后他突然站起身来，把外套抛在一旁。

“快，别让他脱衣服！”杰弗斯恍然大悟，明白了他要干什么。他抓住马甲，马甲挣扎了一下，从衬衫上滑了下来。他手里只抓到一件又空又软的衣服。“抓住他！”杰弗斯大声说，“一旦他把衣服脱光那就……”

“抓住他！”所有人都喊了起来，向那件活动的衬衫扑去，现在这是陌生人唯一的踪影了。

霍尔还没来得及挥手进攻，衬衫袖子就重重地打在他的脸上，并且把他推到了教堂司事老图思索姆的怀里。接着，衣服被举了起来，剧烈地震动了一下后，空空的袖子动来动去，就像从人身上脱下来一样。杰弗斯一把拉住衣服，结果反而帮他脱了下来。空中什么东西在他的嘴上打了一下，他不由自主地抽出警棍，结果却重重地打在特迪·亨弗雷的脑袋上。

“小心！”大家齐声喊道。他们摆出防守的架势，随手胡乱击打。“抓住他！关门！别让他跑了！我抓到什么了！他在这儿！”喊声乱成一片，刹那间每个人好像都挨了打似的。桑迪·瓦杰斯一向很识时务，鼻子上可怕的一击使他更加清醒，他打开门带头逃走了。其余的人也都赶紧往外拥，一时间房门口被挤得水泄不通。隐身人还在拳打脚踢。教徒菲普斯的门牙给打掉了，亨弗雷的耳部软骨也受了伤。杰弗斯的下颚挨了一拳，他转过身来，在混战中他发现有一件东西挡在他和赫克斯特中间，他摸到一个健壮的胸膛，接着这一群手忙脚乱、神情紧张的人都冲到拥挤的前厅里来了。

“我捉住他了！”杰弗斯喊道。他感到头晕目眩，喘不过气来，可他还在脸红脖子粗地跟看不见的敌人搏斗。

这场无比奇特的角斗迅速地向门口转移，随后又冲下了旅馆门前的六级台阶。两个人都摇摇晃晃，谁也站不稳。杰弗斯快要窒息了，可还在叫喊着，他的手紧紧抓住隐身人不放。他拼命蹬腿，身子一旋，头部重重地栽在砂石路上，这时他的手才松开。

大家七嘴八舌地喊着“捉住他！”“隐身人！”等。一个不知姓名的外地小伙子立刻冲了过来，差点抓住隐身人，他也摔倒了，正好跌在横躺着的警察身上。有一个女人也在往这边跑，她觉得什么东西猛推了她一把，便扯着嗓子尖叫起来；一条狗被踢了一脚，疼得直叫，跑进了赫克斯特家的院子……隐身人就这样突出重围了。人们愕然地站了一会儿，用手比画着，感到不寒而栗。一阵恐惧如秋风扫落叶般席卷了村庄。

可是，警察杰弗斯还是一动不动地躺在旅店门口的台阶下面，仰面朝天，膝盖微微蜷起。

第八章

逃跑途中

第八章特别简短，讲述的是本区的业余博物学家吉宾斯的经历。他躺在野外广阔的高原上思考问题，周围两三英里以内一个人影儿也没有。可是正当他昏昏欲睡的时候，却听见附近有人咳嗽、打喷嚏，并粗暴地暗自咒骂着。他前后看了看，什么也没有瞧见。不过声音的确是存在的。咒骂的声音还在继续，言辞的深刻和口气的变化，都清楚表明这是一个受过高等教育的人在发怒。骂声升到了顶点，又逐渐减弱下去，在远处慢慢地消失了。吉宾斯似乎觉得声音是朝着阿德丁的方向去了。远处又传来一阵大声打喷嚏的声音，接着又完全归于寂静。吉宾斯还没有听说当天上午发生的事，可是眼前的这个奇特现象令人恐慌，搅得他心烦意乱，他达观平和的心境一下子没了。他匆匆地站起身来，赶快冲下山坡，撒腿向村庄跑去。

第九章
托马斯·马维尔先生

托马斯·马维尔先生满脸横肉，长着圆锥形的大鼻子，那张贪杯的大嘴动个不停，古怪的胡须往上翘着。他本来就相当胖，而他矮短的身材使他看上去更胖。他头戴一顶皮绒礼帽，衣服上该用纽扣的地方却都用麻绳和鞋带系着，这足以说明他是一个单身汉。

在离伊平约一英里半的高原上，托马斯·马维尔先生坐在通往阿德丁的道路旁边，他把脚伸在沟里。他穿着一双破破烂烂的袜子，脚上没有穿鞋。他的脚趾很大，像一只警觉的狗竖着的耳朵似的。无论干什么他都悠然自得，现在他正悠闲地望着一双系带子的皮靴出神。这是他好久以来所穿过的最好的一双靴子了，只可惜稍微大了一些；另外一双靴子在干燥的天气是很合适的，不过在阴雨天里，鞋底就显得太薄了。托马斯·马维尔以前讨厌太大的靴子，可是后来他又讨厌阴雨天了。他从来都不想弄清楚他最讨厌什么。现在天气这么好，他又没有什么可做的，于是他就把四只靴子整齐排列在草地上，瞧着它们。突然他觉得这两双靴子摆在青草和初生的龙芽草中间，显得如此难看。身后有人在说话，他也一点没受到惊吓。

“但它们毕竟是靴子呀。”声音说。

“是我讨来的靴子。”托马斯·马维尔先生歪着头，厌恶地看着靴子说，“天下最难看的究竟是哪一双呢？谁要是能说清楚才怪呢！”

“嗯。”声音说。

“我也穿过比这更糟的。实际上，我有时什么都不穿。可是没有比这样的靴子更难看的了，你说是吗？我讨靴子已经好几天了，因为我看见这两双靴子就讨厌。当然它们倒还相当结实。想不到一个流浪汉先生的靴子也是这样苦命。如果你相信我的话，我不妨告诉你，在整个该死的郡里，除了这两双破靴子，我费尽气力，什么也讨不到。瞧它们！这个郡制作的靴子都是很不错的，可我的运气却很糟糕，讨不到一双像样的。我在这个郡里讨了十多年的靴子了，可是他们竟这样对待我。”

“这个郡的人都是畜生，”声音说，“人人都是猪。”

“可不是？”托马斯·马维尔先生说，“上帝啊！这里的人连丑陋的靴子都不如！”

他转过头来往右边看去，想比较一下对方穿的靴子怎样，可是，他本以为可以看到靴子的地方却没有靴子，也没有腿。他又回过头来向左边看了看，那边也同样是既没有腿又没有靴子。这时候他才惊醒了。“你在哪儿？”托马斯·马维尔先生回过头来一面说，一面手脚并用往前爬。眼前是一片旷野，远处针叶形的绿色金雀丛随风摇曳。

“我醉了吗？”托马斯·马维尔先生说，“我是在做梦吗？我是在自言自语吗？究竟怎么……”

“不要紧张。”一个声音说。

“别再耍弄我了，”托马斯·马维尔先生突然跳起来说，“你在哪儿？吓死我了！”

“别害怕。”那声音又重复了一遍。

“你这个笨蛋！等一会儿就轮到你害怕了。”托马斯·马维尔先生说，“你究竟在哪儿？让我看到你……”

“你被埋在地下了吗？”托马斯·马维尔先生停了一会儿又说道。

没有回答。托马斯·马维尔先生惊慌失措，光着脚站在那里，他几乎连外套都抓不住了。

“啾啾。”一只凤头麦尾鸡在远处叫着。

“凤头麦尾鸡，真是的！”托马斯·马维尔先生说，“这可不是开玩笑的时候。”东南西北，高原上一片荒凉；由北向南的道路，平坦而又宽阔，旁边是浅沟和白色界桩。蓝天下只有一只凤头麦尾鸡在飞翔。“保佑我吧，”托马斯·马维尔先生又把衣服披在肩上说，“肯定是喝醉了。我早就该知道了。”

“不是喝醉了，”声音说，“你要镇静。”

“啊！”托马斯·马维尔先生惊叫一声，他那张堆满横肉的脸变得刷白。“是喝醉了。”他嘟嘟囔囔地重复着。他继续瞪大眼睛张望，慢慢地转过身去。“我可以发誓我听见有人在说话。”他低声说。

“当然听得见。”

“又来了。”马维尔先生说，他闭上眼睛，把手捂在眉毛上，做出一副可怜相。突然有人抓住了他的领子使劲地摇晃他，他更感到莫名其妙了。

“别装傻！”声音说。

“我简直要发疯了！”托马斯·马维尔先生说，“怎么会这样呢？我肯定得罪了倒霉的靴子了。我一定是发疯了，要不就是活见鬼！”

“都不是。”声音说，“听着！”

“疯了！疯了！”马维尔先生说。

“冷静点儿！”说话的声音很响亮，听上去有些激动，可还是克制着自己。

“怎么回事？”托马斯·马维尔说，他好像觉得有一根手指在自己胸前戳了一下。

“你以为你只是在做梦？这一切只是个梦吗？”

“还能是别的什么吗？”托马斯·马维尔先生摸了摸脖子后

面说。

“好吧，”声音平和地说，“那我就用石头砸你，砸到你相信为止。”

“可是你在哪儿？”

那声音没有回答。只听得“呼”的一声飞来了一块石头，它显然是从空中飞来的，差一点儿打在马维尔先生的肩上。马维尔先生转过身来，又看见一块石头，在空中跳动了一会儿，然后就向自己的脚上飞来。他吃了一惊，躲避不及。石头“呼”的一声砸到了脚趾上，然后弹到沟里去了。马维尔先生疼得大声叫起来，一只脚跳着。他拔脚就跑，可是绊在无形的障碍物上，他翻了个跟头，就坐在地上了。

第三块石头在流浪汉的头上悬着，声音又说道：“你还说这是在做梦吗？”

马维尔先生想挣扎着站起身来回答，可是马上又倒下了。他一动也不动地躺了一会儿。

“你要是再敢动的话，”那声音说，“我就拿石头砸你的脑袋。”

“这是在玩魔术。”托马斯·马维尔先生坐起来说，他手里捏着受伤的脚趾，眼睛瞪着第三块石头。“我不懂。石头自己会飞起来，还会说话。算了吧，我投降了。”

第三块石头落了下来。

“这很简单，”声音说，“我是个隐身人。”

“你是在糊弄我。”马维尔先生痛得直咬牙，“你藏在哪儿？

你是怎么搞的？我不懂。我已经晕头转向了。”

“我已经告诉你了，”声音说，“我是隐身人，仅此而已。”

“这谁都看得出来。你用不着这样不耐烦，先生。这样吧，就请你给我讲讲你是怎么隐身的？”

“没人能看得见我，这就是关键所在。我要你明白的就是……”

“可是你在哪儿呢？”

“这儿，在你前面六码的地方。”

“唉，算了吧！我又不是瞎子。再说下去，你要说你是稀薄的空气了。我这个流浪汉还不至于那么无知。”

“是的，我就是稀薄的空气。你的目光正透过我在看呢。”

“什么！除了声音，你果真什么都没有吗？难道就只是莫名其妙的声音吗？”

“我也是一个人，有血有肉，得吃得喝还得穿衣服。不过谁都看不见我。明白吗？看不见。道理很简单，看不见。”

“什么，真的吗？”

“是真的。”

“把手伸过来，”马维尔说，“假如你是确实存在的，假如这件事还不是怪得那么出奇……天哪！”他说，“你怎么把我握得这么紧，疼死我了！”

马维尔的手挣脱出来，摸到了握着自己腕部的那只手，他小心地顺着胳膊摸上去，碰到了一个强壮的胸膛，然后又摸到了一张长着络腮胡子的脸。马维尔不禁大吃一惊。

他说：“这不比斗鸡有趣才怪呢！太不可思议了！我还能隔着你看见半英里以外的一只兔子！一点都瞧不见你，除了……”

他仔细看了看那个空洞洞的地方。“你吃过面包和奶酪，对吗？”他一面握着那只看不见的胳膊，一面问。

“不错。还没有消化呢。”

“啊！”马维尔先生说，“真是神奇。”

“当然，远不如你想象的那样奇怪。”

“对我这个求知欲不强的人来讲，已经是够奇怪的了。”托马斯·马维尔先生说，“你是怎么搞的？这是什么鬼把戏？”

“说来话长，而且……”

“我告诉你，整个事情简直把我搞疯了。”马维尔先生说。

“现在我所要说的是，我需要帮助。我不幸到了这种地步，突然遇见了你。我现在无处可去，快要气疯了，身上一件衣服也没有，不知道该怎么办。我本可以杀人，但我正好遇到了你……”

“天哪！”马维尔先生叫了一声。

“刚才我走到你的背后，我犹豫了一下，就往前走去。”

马维尔先生表情显得极度紧张。

“后来我站住了。我对自己说：‘这个人跟我一样，也是被社会遗弃的。这正是我所需要的人。’于是我又回到你这儿来找你，而且……”

“天哪！”马维尔先生说，“我给搞糊涂了！我想问：这到底是怎么回事？你想得到些什么帮助？隐身人！”

“我要你帮我找些衣服，安排个住的地方，然后再给我弄点别的东西。我像现在这样已经好久了。你要是不答应的话——那么……但你一定会答应的——不答应也得答应。”

“哎呀！”托马斯·马维尔先生喊道，“我都快吓死了！别再吓唬我了，放了我吧！我得安静一下，你差点儿把我的脚趾砸开了。这简直太不可思议了！这一大片地方空荡荡的，一个人都没有！几英里以内只能看到起伏的大地，别的什么都看不到！忽然传来了一个声音，打天上来的声音！还有石头，还有拳头！天哪！”

“镇静一点吧，”声音说，“因为你必须完成我交给你的任务。”

马维尔先生鼓起腮帮子，眼睛睁得圆圆的。

“我已经选定了你，”那声音说，“除了那边的几个混蛋以外，只有你知道有隐身人这回事了。你得做我的助手，帮助我——我会给你很多好处，隐身人是无所不能的。”忽然他停下来，猛地打了一个喷嚏。

“可是假如你出卖我，”他说，“假如你不照我的话去做——”

他停了一下，在马维尔先生的肩上使劲儿拍了一下，马维尔先生吓得大叫起来。“我不会出卖你的！”马维尔先生躲开隐身人的手指说，“你别这么想！随便你干什么，我都会帮助你。告诉我，我应该做什么。无论你叫我做什么，我都会非常愿意去干的。”

第十章
马维尔先生走访伊平

一阵恐慌过去之后，整个伊平开始议论纷纷。多疑症突然抬起了头——这是一种相当神经质的多疑或猜忌，虽然一点儿根据也没有，但大伙儿总是疑心很重。居然会有隐身人，的确让人难以置信。真正看见他消失在空气中或者领教过他臂力的人是屈指可数的。瓦杰斯先生是目击者之一，他早已离开现场，退守在自己壁垒森严的家里；杰弗斯仍然不省人事地躺在车马旅店的前厅。对于生活经验以外的事情人们虽然会有些奇思遐想，但是更令他们关注的往往是细小而具体的实际生活。旗帜在伊平欢乐地飘扬，人人都穿着节日的盛装。一个多月以前人们就开始盼望圣灵降临节了。到了下午，连那些相信有隐身人的人也犹犹豫豫地重新开始搞起他们规模不大的娱乐活动。他们假定隐身人已经走了，并且怀疑他只是开了一个玩笑而已。可是不管怎么说，每个人在这一天都特别和气，无论他是疑神疑鬼，或是相信确实有隐身人。

海斯曼的草地上呈现出一派欢乐的景象。那里搭着一个帐篷，邦廷太太和另外几位女士正在里面准备茶点。孩子们也放假了，副牧师和库斯小姐、萨克布特小姐正大声嚷嚷，指导他们赛跑和做游戏。毫无疑问，气氛仍是有点不对头的。人们烦躁不安并且浮想联翩，可是都想竭力掩饰他们内心的疑虑。在村边的草坪上有一根斜拉的绳子，绳子的一端紧紧系在一个滑轮把手上，拴在下面的人可以猛地向对面的沙袋冲去。这个游戏跟秋千和椰子果游戏一样，很受年轻人的欢迎。另外还有一场大型舞会，一架蒸汽风琴系在秋千上，空气中弥漫着刺激性的油味，同时也充满了刺耳的音乐。早晨去教堂的俱乐部会员们戴着别致的徽章，有粉红色的，也有绿色的。还有几个爱找乐子的人用鲜艳的彩带装饰他们的圆毡帽。年老的弗莱彻对于过节特别认真，透过窗口的茉莉花丛或是开着的门（从哪个角度看都行），可以看见他小心翼翼地站在架在两只椅子上面的木板上，粉刷他前屋的天花板。

四点钟左右，一个陌生人从高原来到村子里。他身材矮胖，戴着一顶破旧的皮绒大礼帽，看上去有点上气不接下气。他的腮帮子一会儿瘪下去，一会儿鼓起来，脸上尽是斑点，一副忧心忡忡的神情。他的步伐很快，可他走路的样子让人觉得有些别扭。他在教堂附近拐了个弯，直奔车马旅店。老弗莱彻记得在人群里看见了他，他诡秘不安的举动把老先生吓了一跳，以至于在打量这位陌生人的时候，刷子上的白色涂料不觉流进衣袖里了。

椰子靶场的老板觉得这个人好像是在自言自语，赫克斯特先生也有同感。这个人在车马旅店门前停住了脚步，据赫克斯特先生说，好像他进行了一番思想斗争，然后才打定主意走进旅店的。他终于跨上了台阶，赫克斯特先生看见他走到左边去开客房的门。赫克斯特先生又听见房间里和酒吧间里有人告诉他走错了房门。

“这个屋子外人不能进去！”霍尔说，于是那陌生人笨手笨脚地关上了门，走进了酒吧间。

几分钟以后他又走了出来，他用手背抹了抹嘴唇。赫克斯特先生认为，他那副满足的样子完全是装出来的。他左顾右盼地站了一会儿，后来赫克斯特先生看见他朝着院子的大门鬼鬼祟祟地走去，同时对着院子的客房窗户打开了。那陌生人犹豫了一会儿，靠在门柱上，拿出一只短小的泥烟斗，打算装烟丝。装烟丝的时候他的手在发抖。他笨手笨脚地点上了火，双手叉着，没精打采地在那儿抽起烟来，但是他不时地向院子里张望。可见，这时候他的心思并不在抽烟上。

赫克斯特先生在店里隔着橱窗看见了这一切。这个人行为古怪，他决定继续观察下去。

不久，那个人突然站起身来，把烟斗放进口袋里。后来他就消失在院子里了。赫克斯特先生以为自己瞧见了小偷，于是立即跳过柜台，跑到路上来阻拦小偷的去路。他刚出来，马维尔先生又出现了，他歪戴着帽子，一手拿着一大包用蓝色台布包着的东西，另外一只手里拿着三本捆在一起的书——事后证明这是用牧师的背带扎起来的。一看见赫克斯特，他倒抽一口凉气，急忙向左边跑去。“抓贼呀！”赫克斯特喊了一声，马上拔腿就追。

赫克斯特先生的这段经历惊心动魄，但时间很短。他看见那个人就在前面，向着教堂拐弯处和高原方向拼命跑去。赫克斯特先生看见村中的彩旗和远处的庆典活动，并且有一两个人回过头来看他。他又高喊“抓贼”，像勇士一般地向前追去。他追赶还不到十步，小腿忽然不知被什么东西缠住了，他没办法再往前跑了。他感觉身体似乎被什么东西拎着，在空中飞转起来，脑袋突然接近了地面，整个世界好像溅起了千点流星，旋转不停。后来发生的事他便茫然不知了。

第十一章
在车马旅店里

为了要弄清楚旅店里发生了什么事，我们有必要追溯到赫克斯特先生隔着橱窗看到马维尔先生时候的情景。

那时候，库斯先生和邦廷先生都在客房里。他们在一本正经地研究早上所发生的怪事，并且经过霍尔先生的同意，彻底检查了隐身人的物品。摔昏的杰弗斯略微清醒了一些，有几个好心的朋友把他送回家了。霍尔太太把陌生人丢得到处都是的衣服拿走了，整个房间被好好清理了一番。窗下摆着隐身人经常用的桌子，库斯一眼望过去，看见标着“日记”字样的三个厚本子放在上面。

“日记！”库斯说，他把三个本子拿起来，又放在桌上。“现在我们总算能发现一些线索了。”牧师站在那里，双手按在桌上。

“日记。”库斯又重复了一遍。他坐了下来，将其中的一本摞在其他两本上面。“哼——扉页上连名字都没写。讨厌！全都是些密码，还有数字。”

牧师走了过来，侧过头看着。

库斯逐页翻看，突然露出了失望的神情。“哎呀！邦廷，全都是密码。”

“没有图解吗？”邦廷先生问，“没有插图能表示出……”

“你自己看吧，”库斯先生说，“有些是数学方面的，从字母来判断，有些是俄文或其他类似的文字，有些是希腊文，我想你懂希腊文……”

“当然，”邦廷拿出自己的眼镜，一面擦一面说，突然他觉得很难堪，因为他的那一点希腊文已经忘光了，“是啊，希腊文，当然会提供一点线索。”

“我给你找一段，你看看是什么意思。”

“我把这几个本子先过一遍再说。”邦廷先生一面说一面还在擦眼镜，“先有一个大概的印象，库斯，然后我们再来找线索。”

他咳嗽了一声，郑重其事地戴上眼镜，又咳了一声，看来是免不了要出丑了。但是他还希望能发生什么事来避免这种窘境。他慢慢地接过库斯递来的本子。果然有事情发生了。

门突然开了。

两个人都大吃一惊，回过头来一看，进来了一个脸色红一块白一块、戴着皮绒大礼帽的人。他们没觉得有什么异常。“是酒吧间吗？”那个人站在那儿瞪着眼问道。

“不是。”两个人同时说。

“在那边，朋友。”邦廷先生说。

“请把门关上。”库斯先生不耐烦地说。

“好吧。”不速之客回答道，他说话的声音很低，完全不同于他刚才那种粗粗的声音。

“就是这儿，让开！”不速之客又用刚才的声音说，接着他关上门就不见了。

“我看是个水手。”邦廷先生说，“他们这种人是很有趣的。‘让开！’真是的。我想，这大概是航海术语，表示‘离开房间’。”

“我看也是，”库斯说，“我今天真是神志不清了，门刚刚那么一推开，倒把我吓了一跳。”

邦廷先生笑了笑，好像他没有被吓了一跳似的。“现在，”他叹了口气说，“这些本子——”

“等一会儿，”库斯说，接着他走过去锁上了门，“现在我想不会有人打扰我们了。”

他去锁门的时候，有人吸了一下鼻子。

“有一件事是无可置疑的，”邦廷说，他把库斯身旁的一把椅子拿了过来，“最近这几天，伊平的确发生了不少怪事——非常奇怪。我当然不能相信会有什么荒诞的隐身术……”

“这太叫人难以置信了，”库斯说，“难以置信。可是我真的瞧见——我确实一直看到他的袖筒里边——”

“不过，你会不会——你真的肯定吗？譬如说，假设有一面镜子——错觉是很容易产生的。我不知道你见过真正精彩的魔术没有——”

“我不想再争论了，”库斯说，“这个问题已经很清楚了，邦廷。现在是说这儿的几个本子……啊！这些文字我想大概是希腊文！肯定是希腊文。”

他指着本子上面的字。邦廷先生贴得很近，稍微有点儿脸红，显然他戴上眼镜也没法说明上面究竟写了什么。邦廷牧师的希腊文实在是太有限了。教会以外的人一定全都以为他是精通希腊文和希伯来文的。现在难道要承认吗？要想法补救吗？

突然他觉得脖子后边有一种奇怪的感觉。他想把脑袋移动一下，却感到了一股不可抗拒的力量。

他感觉到有一种奇特的压力——一只沉重而结实的手扼住他，把他的下巴按在桌子上，他怎么也动弹不了。“不许乱动，你们这两个家伙，”一个声音轻轻地说，“不然就敲碎你俩的脑袋！”

邦廷先生看看旁边的库斯，只见他也和自己一样吓得面无人色。

“恕我对你们无礼了，”那声音说，“但实在是迫不得已。”

“你们怎么可以偷看一个研究员的私人笔记？”那声音说，两个下巴同时往桌上一撞，两副牙齿也咯咯响了起来。

“你们怎么可以闯进一个不幸者的私人房间？”两个脑袋又撞了一下。

“他们把我的衣服放到哪儿去了？”

“听着，”那声音说，“窗子已经关紧了，门上的钥匙已经被我拿走了。我身强力壮，除了隐身以外，我随身还带着一根拨火棒。只要我愿意，我就可以把你们两个杀了，而且轻易就能逃走，一点问题都没有。明白吗？如果我放了你们，你们能保证不给我惹麻烦，照着我的话去做吗？”

牧师和医生互相看了一眼，医生做出一副苦相。“我们保证。”邦廷先生说，医生也附和了一声。于是脖子上的压力解除了，医生和牧师都脸色通红，他们摇摆着脑袋，规规矩矩地坐在那里。

“你们老老实实坐着别动，”隐身人说，“瞧，拨火棒就在这儿。”

“我到这个房间来的时候，”隐身人用拨火棒在两位来客的鼻尖上分别一指，接着说，“我没有想到有人在这儿。除了笔记本以外，我还想找一套衣服。衣服到哪儿去了？你们别动。我知道衣服不在这儿了，现在这个时候，白天很暖和，一个隐身人赤身裸体地在外面奔跑还能应付，可是晚上就很冷了。我需要衣服，还有其他的生活用品。这三本笔记，我绝对不能丢。”

第十二章
隐身人大发雷霆

故事讲到这里，由于某种令人痛心的原因，客房里的事情我们不得不就此打住。原因不久读者就会明白的。当客房里发生这件事情的时候，也就是赫克斯特先生正注视着靠在大门上抽烟的马维尔的时候，在十几码以外的地方，霍尔先生和特迪·亨弗雷正在云里雾里地谈论着伊平的热门话题。

突然有什么东西在客房的门上猛撞了一下，传来一声尖叫，接着又静下来了。

“嗨！”特迪·亨弗雷说。

“嗨！”酒吧间的人应了一声。

霍尔先生反应很慢，但是看问题很准。“不对头。”他说完以后，就从吧台后面绕到客房的门口去。

他和特迪·亨弗雷一同走到门口，两人都很紧张，露出若有所思的神情。“出事了。”霍尔说，亨弗雷点了点头。他们闻到一阵阵难闻的化学药品的气味，还模模糊糊听见有人在谈话，语速很快，嗓音压得很低。

“没事吧，先生？”霍尔敲着门问道。

模糊的谈话声突然停止了。静了一会儿，然后谈话变成了低声耳语，接着只听得一声尖叫：“不！你不能！”突然传来了一阵忙乱的声音，一只椅子翻倒了——这是一次短暂的交手，然后又静了下来。

“怎么啦？”亨弗雷低声问道。

“怎么回事，先生？”霍尔又大声问了一次。

牧师回答的声音颤颤巍巍，音调非常古怪：“没什么事，请不要打扰。”

“奇怪！”亨弗雷先生说。

“确实很奇怪！”霍尔先生重复道。

“叫我们‘不要打扰’。”亨弗雷先生说。

“我听见了。”霍尔说。

“还有用鼻子使劲吸气的声音。”亨弗雷说。

他们继续听着。里面谈话的语速急促，声音很低。“我不干，”邦廷先生提高了嗓门说，“我告诉你，先生，我不愿意。”

“这话是什么意思？”亨弗雷问。

“他说他不愿意，”霍尔说，“他是说不愿意跟我们说话吧？”

“这是侮辱！”邦廷先生在里边说。

“‘这是侮辱’，”亨弗雷先生说，“我听得清清楚楚。”

“现在说话的是谁？”亨弗雷问。

“大概是库斯先生。”霍尔说，“你听得见在说些什么吗？”

霍尔和亨弗雷不再说话。里面的声音含糊不清，让人摸不着头脑。“听起来像是谁在抖台布。”霍尔说。

霍尔太太来到酒吧间的后面。霍尔做了手势，叫她不要出声，悄悄地过来。霍尔太太可没那么听话，她马上摆出夫人的架子开始训斥丈夫。

“你在那儿听什么，霍尔？”她问道，“今天这么忙，难道你就没有别的事情可做了吗？”

霍尔想用表情和手势来说明情况。霍尔太太非常固执，她提高了嗓门。霍尔和亨弗雷垂头丧气，只好一面做着手势向她解释，一面蹑手蹑脚地走回酒吧间。

起初她根本不想理会他们听到的情况。后来她又让霍尔闭嘴，让亨弗雷告诉她这是怎么回事。她认为这一切都是无稽之谈——说不定里面只是在搬家具。

“我听见里面有人说‘这是侮辱’，我听得清清楚楚。”霍尔说。

“霍尔太太，我也听见了。”亨弗雷说。

“也许是吧。”霍尔太太说道。

“嘘！”特迪·亨弗雷说，“是不是窗子在响？”

“什么窗子？”霍尔问。

“客房的窗子。”亨弗雷说。

每个人都站在那里竖着耳朵听，霍尔太太的眼睛直对着前方，心不在焉地望着那明亮的长方形旅店大门、干干净净的马路，还有在6月骄阳下起着漆泡的赫克斯特的铺面。突然，赫克斯特的店门打开了，赫克斯特紧张地瞪着眼睛，挥动着胳臂，从里面走出来了。

“来人啊！”赫克斯特喊道，“抓贼呀！”他在旅店门前一闪，然后就不见了。

同时客房里传出一阵骚动声，还有关窗子的声音。霍尔、亨弗雷以及酒吧间里其他的人立刻乱哄哄地冲到街上来。他们看见有一个人突然拐了个弯，往高原跑去，赫克斯特先生腾空跃起，结果脑袋朝下，身体旋转起来。沿街的人们有的惊惶地站着不动，有的向他们奔来。

亨弗雷跑了过来，发现赫克斯特已跌得不省人事。霍尔和两个从酒吧间出来的工人向街角冲去，他们大声嚷嚷着，看见马维尔先生在教堂的拐角处消失了。他们好像忽然得出了一个荒谬的结论，认为这就是隐身人，他突然变成有形的了。他们立刻沿着小巷追去。但霍尔还没有跑出十二码，就惊慌失措地大喊一声，身体向路的一边倒下去，他顺手抓住一个工人，这个工人也被拉倒在地上——就如同在足球比赛中让人绊了一跤一样。第二个工人绕了个圈跑过来，瞪大眼睛，以为霍尔是无意之中自己绊倒的，他打算继续追赶，可是却跟赫克斯特一样，脚脖子给绊住了。第一个工人挣扎着要爬起身来的时候，被一拳打到旁边去了，那力道简直可以打倒一头牛。

这个工人倒下去的时候，很多人从村里的草坪上冲到了街角。领头的是椰子场的老板，他穿着蓝色的短衣，身体非常结实。他看见巷子里只有三个人滑稽地瘫在地上，此外不见任何人，不禁觉得非常奇怪。随即他后面的那条腿忽然遭了殃，接着他一个趔趄滚到路边，正好撞上了他伙计的脚，那个人也跟着跌倒了。后面许多人匆匆忙忙地拥了过来，正好踩到这两个人身上。他们躺在那里，被这群叽叽喳喳的人踩来踩去。

霍尔、亨弗雷和两个工人跑出去的时候，霍尔太太依然坚守在酒吧间的钱柜旁边，多年的经验使她无论干什么都很有条理。这时，客房的门突然打开，库斯先生出来了，他瞧也不瞧她一眼，马上就冲下台阶，向街角奔去。“抓住他！”他喊道，“别让他扔掉那个包裹！只要他拿着包裹就看得见他。”他根本不知道还有个马维尔，因为隐身人是在院子里把笔记本和包裹交给马维尔的。库斯脸上的表情显得非常愤怒，他坚决想要捉住隐身人。但这会儿他的打扮有些不对劲儿——他只穿了一件白色的裙服，这种衣服恐怕只有在希腊穿才合适。“捉住他！”他扯着嗓子喊，“他拿了我的裤子！把牧师的衣服给扒光了！”

“我一会儿再来帮忙！”库斯经过横躺着的赫克斯特身旁时对亨弗雷大声说。他刚拐到乱哄哄的人群这边，两腿就被撞了一下，很难堪地趴在地上了。有人飞快地从他手指上重重地踏过。他叫了一声，挣扎着站起来，可是马上又被撞得四脚朝天，他这才注意到自己不是加入了一场追捕，而是卷入了一场逃亡。人人都在跑回村庄。他又站起身来，但是脖子后面又被狠狠地击了一拳。他只好跌跌撞撞地回头向车马旅店走去，路上还跨过了孤苦伶仃正要坐起来的赫克斯特。

库斯走到旅店台阶的半中央，听见背后混乱的喧嚷中，突然爆发一声怒吼，还听到一记响亮的耳光。他听得出这是隐身人的声音，从声调上来判断，像是被狠狠打了一下，突然火冒三丈。不久，库斯先生回到那个客房里。

“他又回来了，邦廷！”他冲进来说，“自己当心一点吧！”邦廷先生站在窗口，正试着用炉边的地毯和报纸裹住身体。

“谁来了？”他说，吓得他差点抓不住东西。

“隐身人！”库斯一面说，一面向窗口冲去，“我们还是离开这儿吧。他见谁都打！打疯了！”

转眼间库斯又跑到院子里去了。

“天哪！”邦廷面对恐怖的现实，无所适从。他听见旅店的走廊上传来一阵可怕的打斗声，这才拿定了主意。他从窗口爬了出去，匆匆整理了一下身上裹着的东西，然后迈开两条肥腿，向着村子里仓皇逃去。

隐身人怒吼咆哮，邦廷先生心惊肉跳地向村子逃去。伊平的故事只能讲到这里，以后发生的事情就不可能连续地往下叙述了。也许隐身人最初只是想掩护马维尔，让他带着笔记本和衣服逃走。他的脾气从来不曾好过，这一次因为偶然挨了几拳，便把火气全部发泄出来了。他放开手脚左攻右打，仅仅为了满足他伤害别人的欲望。

你可以想象出下面的景象：满街的人在奔跑，到处是“砰砰”的关门声，大家都在抢夺藏身的地方；老弗莱彻晃晃悠悠地站在搭在两只椅子上的木板上，他望着混乱的场面，一下子摔了下来；一对荡秋千的情侣遇到这种突如其来的混乱场面，惊恐万状。这场骚乱平息后，悬挂着旗帜和彩带的伊平街道上，突然变得冷冷清清。到处都是椰子壳、推倒的帐篷和撒在地上的糖果，一个人也没有了，只剩下怒气未消的隐身人站在那里。到处是一片关窗闭户的声音，只是偶尔有人透过玻璃窗，窥探外面的动静。

隐身人打碎了车马旅店所有的玻璃，他这么做似乎只是为了撒气。然后他来到格罗格兰姆太太家的客厅里，站在窗口探出身去把一盏路灯给砸了。通往阿德丁的电报线在阿德丁路上希金斯的小屋附近被切断了，这一定也是他干的，此后他才离开。由于身藏绝技，他神不知鬼不觉地走了。伊平的人们再也没有听到他的声音，看到他的身影，或是感觉到他的存在。他从伊平人的生活中彻底消失了。

过了将近两个钟头，才有人敢壮着胆子跑回到凄凉的伊平街上。

第十三章
马维尔先生请求辞职

夜幕渐渐降临了，伊平的居民又胆怯地探出头来，心惊胆战地望着这个公假日的残局景象。这时候，榉树林后面的夕阳下面，一个身材矮胖的人戴着破旧的丝绒礼帽，步履维艰地沿着大路向布兰勃赫斯特走去。他带着三册用装饰性松紧带扎在一起的笔记本，此外还有一捆用蓝色台布包着的东西。他的脸涨得通红，显得既恐慌又疲倦。他一会儿走得很快，一会儿慢慢腾腾。一个声音跟着他，一双看不见的手每碰他一下，他就会不由自主地哆嗦一下。

“你要是再溜的话，”声音说，“你要是胆敢再溜的话……”

“天哪！”马维尔先生说，“肩膀上让你打得全是伤呀。”

“我发誓，”那声音说，“我会宰了你。”

“我并不想溜走，”马维尔说，他快要哭了，“我发誓我没想溜。

我不知道会碰上这么个该死的路口，我不知道该往哪里跑！我怎么知道有这么一个该死的路口呢？况且我已经挨过揍了……”

“你要是还不听话，我会揍得更狠。”声音说。马维尔先生忽然不作声了，他绷起了脸，眼睛里流露出绝望的神情。

“那些可恶的乡巴佬儿知道了我的秘密，这就够糟的了，你还想带着我的笔记本跑掉。刚才有几个人逃开了，算他们走运。在这儿……谁也不知道我是隐身的！现在我该怎么办呢？”

“您想叫我干什么呢？”马维尔先生低声问道。

“消息肯定传开了，马上就会登在报纸上的！人人都会来找我，人人都提防着……”

那声音狠狠骂了几句，然后停住了。马维尔更加绝望，他迈不动步子了。

“快走！”声音说。

马维尔先生通红的脸上泛出一块块铁青的颜色。

“把笔记本拿好了，笨蛋！”声音非常刺耳。

“你要明白，”声音说，“我不得不利用你。你是个蹩脚的工具，可是我必须利用。”

“我是个‘倒霉’的工具。”马维尔说。

“是的。”声音说。

“我是你所能找到的最糟的工具了。”马维尔说。

“我的身体不壮。”他垂头丧气地沉默了一会儿，然后说。

“我不太强壮。”他又说了一遍。

“噢？”

“我心脏不好。我是硬挺过来的。饶了我吧！我差点就倒下了。”

“是吗？”

“我没有你所要的那种勇气和力量……”

“我会给你打气的。”

“我希望你不要这么做。你知道，我不愿意搞砸你的计划。可我说不定会——纯粹是因为我胆小怕事。”

“你最好不要这样。”那声音强调说，口气非常平静。

“我还是死了的好。”马维尔说。“这样太不公平了，”他说，“你必须承认——我好像完全有这个权利——”

“快点走！”声音说。

马维尔先生加紧了步子，他们又默不作声地走了一阵。

“太难为我了。”马维尔先生说。

见对方无动于衷，他又另试一招。

“我干这个图什么呢？”马维尔说。听得出他委屈得不行。

“你给我住嘴！”那声音突然爆发出来，听起来很吓人。“我会好好教导你的。我怎么说你就怎么做，你会做好的。你是个傻瓜，是个笨蛋，可是你会做好的……”

“我告诉你，先生，我不是做这种事的人。这实在太……”

“你要是不住嘴，我又要拧你的手腕了。”隐身人说，“让我静一静。”

这时有两道黄色的亮光从树林里照了出来，在他们前面，一个方形的教堂塔楼在薄暮中隐约可见。“走过村庄的时候，”那声音说，“我要把手放在你的肩膀上。一直往前走，别要花招，否则你就要倒霉了。”

“我明白，”马维尔先生叹了一口气说，“我全都明白。”

这个满面愁容的流浪汉，头戴一顶破旧的丝绒礼帽，拿着两件包袱，经过灯光明亮的村庄街道，消失在越来越浓的夜色中。

第十四章
在斯托港

第二天上午十点钟的时候，风尘仆仆、胡子拉碴的马维尔先生坐在斯托港近郊一家小旅馆的门外，两只手插入口袋中，不时地鼓一下腮帮子，显得十分疲倦、紧张和局促不安。他身旁摆着那三册厚厚的笔记本，不过现在已经是用绳子捆扎在一起了。由于隐身人改变了他的计划，装衣物的包裹被扔在布兰勃赫斯特以外的松树林里了。马维尔先生坐在长凳上，虽然没人注意到他，但他还是心慌意乱、焦躁不安。他一次又一次地把手伸进他衣服的每个口袋，心神不定地在里面摸索着。

他坐了将近一个钟头，最后，有一个老水手拿着一张报纸，从旅馆里出来，坐在他的旁边。

“天气真好。”水手说。

马维尔先生惊恐地看看四周，说道：“是很好。”

“现在就该是这种天气。”水手顺着他的话说。

“没错。”马维尔先生说。

水手跟马维尔打了个招呼，拿出一根牙签，专心地剔了几分钟。他一边剔牙，一边打量马维尔先生，见他满身都是灰尘，旁边放着几册书本。刚才当他走近马维尔先生的时候，他听见了硬币在口袋里响的声音。以马维尔先生的这副外表，居然会这么有钱，这不禁使他吃了一惊。他头脑中本来就装着一个印象很深的奇妙故事，现在他一下子就联想起来了。

“那是书吗？”他折断牙签突然说道。

马维尔先生吃了一惊，看了看那捆笔记本。“噢，是的，”他说，“是书。”

“书里面有好些奇怪的事情。”水手说。

“你说得很对。”马维尔先生说。

“书外面也有好些奇怪的事情。”水手说。

“这话当然也对。”马维尔先生说。他瞧了对方一眼，然后又看了看四周。

“比如说，报上会登一些奇怪的事情。”水手说。

“确实有。”

“就在这张报纸上。”水手说。

“啊？”马维尔先生说。

“有一条新闻，”水手说，他的眼睛有意识地死死盯着马维尔，“比如，有一条关于隐身人的新闻。”

马维尔先生撅了撅嘴巴，搔搔面颊，觉得耳朵发热。“他们还写了些什么呢？”他有气无力地问，“在澳洲还是在美洲？”

“都不是，”水手说，“就在此地。”

“天哪！”马维尔先生吃惊地说。

“我说的‘此地’，当然不是指这儿，我指的是在此地附近。”水手的话让马维尔先生松了口气。

“一个隐身人！”马维尔先生说，“他都干了些什么呢？”

“什么都干了，”水手仔细打量着马维尔先生，进一步解释道，“所有稀奇古怪的事情都干了。”

“我有四天没看报了。”马维尔说。

“他最开始就出现在伊平。”水手说。

“真——的？”马维尔先生说。

“他从那儿开始出现，可是谁也不知道他是从哪里来的。就是这篇——《来自伊平的奇闻》。报上说这条新闻是证据确凿的。”

“天哪！”马维尔先生惊叹道。

“这的确是非常奇怪的新闻。有一位牧师和一位医生亲眼看见过他——尽管没看清楚他的真面目。他住在车马旅店，似乎谁也没有想到他会带来麻烦；报上说，没人想到他会惹事，直到有一天，旅馆里发生了一次冲突，他头上的绷带扯了下来，这才发现他的头是看不见的，他们马上要抓他；不过，报上说，他脱了衣服逃走了，但逃跑前也经过了一番激烈的交锋；报上说，我们可敬能干的好警察杰弗斯先生被他打成重伤。这段新闻很真实，是不是？有名有姓，什么都不缺。”

“天哪！”马维尔先生惶惶不安地左顾右盼，他还在口袋里用手摸着他的钱，同时脑子塞满了稀奇古怪的想法。“这件事真是骇人听闻。”

“可不是吗？我就说这是一条很特别的新闻。我过去从来没有听说过隐身人，可是现在，一下就了解这么多怪事——”

“他就干了这些吗？”马维尔先生故作镇静地说。

“这还不够吗？”水手说。

“没找机会再溜回去吗？”马维尔问道，“逃走了，就完了，呃？”

“就这么多！”水手说，“怎么？还不够吗？”

“足够了。”马维尔说。

“我觉得够多了，”水手说，“足够了。”

“他没有帮手吗——报上没有说他有帮手吗？”马维尔先生焦急地问。

“这种人有一个你认为还不够吗？”水手反问道，“没有，谢天谢地，可以说他没有帮手。”

水手慢慢地点了点头。“我一想到这家伙到处乱跑就觉得不舒服！现在还没有把他逮住，而且根据某些方面的证据来推测，他正在向斯托港方向走来，我想他们是说他已经到了。你瞧，我们就在斯托港！这回可不是什么美国的奇闻轶事了。你想想他会干出些什么事？要是他喝醉了酒，要来跟你找麻烦，你怎么办呢？

假如他要抢劫，谁能阻止他呢？他可以到处乱闯，他可以偷，他可以轻易地从一群警察中间逃出去，就好像你我躲开一个瞎子一样！说不定还要更容易些！因为我听说瞎子的听觉非常灵敏。不管什么地方，只要有隐身人喜欢的酒——"

"当然，他有很大的优势，"马维尔先生说，"那样的话——"

"你说得对，"水手说，"他的优势太明显了。"

马维尔先生一直专心地注意着他的周围，倾听轻微的脚步声，想探明那些难以察觉的动静，仿佛想做出什么重大的决定似的。他用手捂住嘴，咳了一声。

他又向周围看了看，听了听，弯过身去，面对水手低声说道："事实上，我恰好知道一些关于隐身人的事情。这是别人亲口告诉我的。"

"噢！"水手说，"你知道？"

"是的，"马维尔先生说，"我知道。"

"真的？"水手说，"冒昧地问你——"

"你会大吃一惊的！"马维尔先生捂着嘴说，"简直太不可思议了！"

"真的吗？"水手说。

"事实是这样的……"马维尔先生用神秘的口吻急切地小声说道。突然他脸色一变，"哇！"他喊道。他直挺挺地站起身来，脸上流露出正在忍受疼痛的表情。"哎哟！"他叫了一声。

"怎么啦？"水手关切地问道。

“牙痛。”马维尔先生用手捂住腮帮子说。他把那捆书本拎起来。“我想，我得走了。”他说。他奇怪地从坐的地方挪动脚步，准备离开水手。

“可你还没说隐身人的事情！”水手追问道。

马维尔先生好像在琢磨，该怎么对水手说。

“骗人的把戏。”一个声音说。

“是个骗人的把戏。”马维尔先生说。

“可是报上登着呢。”水手说。

“也是骗人的把戏，”马维尔说，“我认识那个造谣的家伙。根本就没有什么隐身人……哎哟！”

“那么这张报纸是怎么回事呢？你是说……”

“没有一句真话。”马维尔说道，语气很坚决。

那水手瞪着眼，手里拿着报纸。马维尔先生紧张地看看四周。“慢着，”水手站起身来慢慢地说，“你的意思是——”

“没错。”马维尔先生说。

“那么你为什么让我把这些骗人的鬼话念给你听？你是在拿别人开涮吗？”

马维尔先生的脸绷得紧紧的。水手的脸涨得通红，他紧握着拳头。“我在这儿说了十分钟，”他说，“你，你这个畜生王八蛋，没脸没皮的东西，一点规矩都没有……”

“别跟我斗嘴。”马维尔先生说。

“斗嘴？我好心好意地——”

“走吧！”一个声音说。突然，马维尔先生匆匆地走开了，步子很不稳，看上去怪怪的。“你还是滚远一点吧。”水手说。“谁滚远一点？”马维尔反问。他急促地迈着步子，跌跌撞撞的，不时地向前直冲，那副样子真是奇怪。走了一程以后，马维尔一个人开始喃喃自语，在那里抗议抱怨起来。

“蠢东西！”水手骂了一声，他叉开腿，双手掐着腰，望着马维尔离去。“你等着瞧吧，你这个混蛋，敢骗我！报上登着呢！”

马维尔先生语无伦次地抗议了一阵，到拐弯的地方就不见了。可是水手仍然威风凛凛地站在马路中间，直到一辆屠夫的车子经过这里，他才让开路，向斯托港走去。“到处遇见莫名其妙的混蛋，”水手轻声对自己说，“就是想占我便宜——跟我玩这种把戏！报纸上登着呢！”

不久，他就听说附近又发生了一件十分奇特的事。有人看见圣迈克尔巷拐弯处有“满满一把钱”，在没有任何有形外力的作用下，钱却沿着墙移动。就在当天早晨，另一名水手亲眼看见了这个令人惊叹的现象。他马上去抓钱，却被当头一棒打倒在地，当他站起身来的时候，这些钱像蝴蝶一般飞走了。他表示，什么样的事水手都能相信，但是这件事有点儿太离谱了。不过，后来他开始全面考虑事情发生的可能性了。

钱币自动飞行的故事是真的。那天天气晴朗，在邻近的各个地方，所有的门都敞开着。无论是宏伟的伦敦地方银行公司，还是一般的商店、旅馆，各家的钱柜都有整把整卷的钱币悄悄地飞了起来，顺着墙壁和阴暗的地方飘动，巧妙地躲过人们的目光。虽然没人追踪，但那些钱在神秘地飞行一段时间后，最终总是落在一位先生的口袋里。这位先生头戴破旧的丝绒礼帽，正焦躁不安地坐在斯托港近郊一家小旅馆的门外。

第十五章
拼命奔跑的人

伯道克附近的山上可以俯瞰全城。傍晚的时候，肯普医生坐在山上一幢小楼的书房里。这是一个很惬意的小房间，南、北、西三面都有窗子，书架上摆满了书籍和科学刊物，还有一张宽大的写字台，朝北的窗下放着一架显微镜，还有一些玻璃片、精密器械、培养液和散乱的装试剂的瓶子。夕阳的余晖还映照着天空，可是肯普医生早早地点亮了灯，窗帘仍吊在上面，因为不会有人从外朝里望，所以没有必要放下来。肯普医生很年轻，身材瘦长，淡黄色的头发，胡子几乎是白色的。他希望他的研究能为他赢得皇家学会会员的称号，他非常看重这项荣誉。

他抬眼向外望去，看见对面那座山的背后火焰般的晚霞。他口里衔着钢笔，坐了大概一分钟，观赏着山顶上浓浓的金黄色的夕阳美景。这时，他看见一个很小的黑色人影，从山坡上向他这边跑来。那个人身材矮小，头戴礼帽，拼命地向前奔跑，两条腿不停地快速摆动。

“又是一头蠢驴！”肯普医生心想，“今天早晨我拐弯的时候也碰上一头蠢驴，他撞在我身上，喊着‘隐身人来了，先生！’我真搞不懂这些人着了什么魔。你当我们还生活在13世纪呀！”

他站起身来，走到窗口，凝视着灰暗的山坡和那个正往下冲的黑影。“他好像跑得很吃力，”肯普医生说，“但似乎没前进多少。即使口袋里装满了铅，他跑起来也不应该这么吃力！”

“加油跑吧，先生！”肯普医生说。

不久，从伯道克向上延伸到山冈的几幢别墅挡住了奔跑的人影。过了一会儿，在连续三座独立的房子之间，他忽隐忽现了三次，然后消失在斜坡上屋子的后面。

“蠢驴！”肯普医生转身回到写字台旁。

然而，如果你在道上近距离观察这个亡命之徒，瞧见他汗水直流的脸上露出惊恐万分的惨相，你就不会像肯普医生那样鄙视他了。这个人奔跑的时候，他身上当当直响，好像一只装满了钱的袋子在甩来甩去。他目不斜视，瞪大了眼睛，朝山下望去，看到了城里灯火明亮、人群密集的街巷。他张大了那张难看的嘴，唇边泛起了蛋白似的泡沫，大声地喘着粗气。他从人们身旁经过的时候，大家都停了下来，目光随着他在路上移动。看见他慌张的神情，每个人都略显不安，他们互相询问这到底是怎么回事。

就在这时，远处山路上一条正在玩耍的狗突然狂吠几声，然后躲到一扇门底下去了。当人们还没明白过来这是怎么回事时，有一样东西，像一阵风，伴随一阵呼哧呼哧的喘息声，从他们身边疾驰而过。

人们惊叫起来，四处逃散，呼喊声接连不断，向山下传去。山下的人凭直觉感到事情有些不妙。马维尔还在半道上的时候，他就听见人们在街上嚷开了。大伙儿一听到这个消息，立刻逃进屋子，紧闭房门。马维尔拼命做最后的冲刺。在他的前方，人们感到恐惧正向他们袭来，顷刻之间全镇笼罩在恐怖之中。

“隐身人来了！隐身人来了！”

第十六章
在快乐板球手旅馆里

快乐板球手旅馆坐落在山脚下，靠近公共载人马车[1]的起点站。酒吧间的伙计把红润润的肥胳膊靠在柜台上，他正和一个贫血的马车夫谈论马匹。另外有一个留着黑胡子的人，身穿灰色的衣服。他嘴里大口嚼着饼干和奶酪，喝着伯登牌啤酒，正同一个下了班的警察聊天。听得出他带有美国口音。

“外面在嚷嚷什么？”贫血的马车夫突然转移了话题，他透过窗户低处很脏的黄色百叶窗往山的方向看去。有人在外面一跑而过。

“也许是哪儿失火了。”伙计说。

一阵沉重的脚步声传了过来，门被猛地推开，马维尔哭哭啼啼地冲了进来。他蓬头垢面，帽子丢了，衣领也被扯开了。进屋

1 19世纪末英国的城市公共交通工具，类似现在景区道路上的游览车，由马匹牵引。

后他猛然转过身去，想把门关起来，可是门却被皮带拴住了，怎么也关不上。

“过来了！”他惊恐地大声尖叫，“他过来了！隐身人！就在我的后面。看在老天爷的分儿上，救命呀！救命呀！救命呀！”

“把门都关上。”警察说，“谁来了？嚷什么？”他走到门口，把皮带松开，门随即就关上了。那位美国人把另一扇门也关上了。

“让我到里边去。”马维尔走也走不稳，还在哭哭啼啼，他手里还抓住那捆笔记本不放。“让我到里边去。随便把我关在哪里。我跟你们说，他在追我，我是逃出来的。他说他要杀死我，他干得出来。”

“你现在已经没有危险了，”黑胡子说，“门关上了。究竟是怎么回事？”

“让我到里边去。”马维尔说，突然，那扇关着的门被拍打得震动起来，吓得他大喊大叫。紧接着又听见一阵急促的敲门声，外面有人在大声叫嚷。

“喂，”警察喊了一声，“谁啊？”

马维尔先生发疯似的朝着像门一样的嵌板冲去。“他要杀死我，他手里有一把刀呀。看在老天爷的分儿上！”

“过来，”伙计说，“上这儿来。”他打开酒吧间的后门。

门外又在叫嚷了，马维尔先生冲进了后屋。“别开门，”他叫道，“请你别开门！我躲到哪儿呢？”

“这么说，这就是隐身人了？”黑胡子说，他一只手放在背后，

“这一次我们大概可以见见他了。”

突然有人从外面打破了旅馆的窗子，街上传来一阵叫喊和来回奔跑的声音。警察站在高背椅上，伸长了脖子，想看看是谁在门口。他跳下椅子，扬了扬眉毛，说道：“是那家伙。”此时马维尔先生被关在后屋，伙计站在门前，瞧着那扇被打破了的窗子，然后走到另外两个人的旁边。

突然一切都静了下来。“我要带着警棍多好。”警察说。他犹豫不决地向门口走去。“我们一开门，他就进来了，到时没人能阻拦他。”

“你别先着急开门呀。”贫血的马车夫不安地说。

“拉开门闩，”黑胡子说，“要是他进来……”他拿出一把左轮手枪。

“不能这么干，”警察说，“这可是杀人呀。”

“我知道自己是在哪个国家，”黑胡子说，“我会打在他的腿上。拉开门闩。”

“不要从我身后开枪。”伙计说，他伸长了脖子看着窗外。

“明白。”黑胡子说。他拿好左轮手枪，亲自弯下腰去拉门闩。伙计、马车夫和警察都紧张地盯着门。

“进来。”黑胡子退后一步，把手枪放在背后，面对着拉开闩的门低声说。没有人进来，门还是关着。五分钟以后，有一个马车夫探头探脑地进来了，这时候他们还在等待。马维尔从后屋里露出脑袋，面色焦急，他提供了一些隐身人的情报。

“屋子里所有的门都关上了吗？”马维尔问道，“他肯定就藏在房子周围，他非常非常狡猾。”

“天哪！”身材魁梧的伙计说，“后门！快去看看后门！快去！”他无助地看了看四周。后厅的门“砰”的一声关上了，他们还听见锁门的声音。“还有院子的门和一扇便门。那扇院子的门……”

说着，他冲出酒吧间。

一会儿他拿来了一把切肉刀。“院子的门敞开了。”他撅了撅下嘴唇说。

“现在他也许在屋子里。”第一个马车夫说。

“他不在厨房里，”伙计说，“那边有两个女人，我用这把刀到处都戳过了。她们也认为他没有进来。她们没看到——”

“院子的门闩上了吗？”第一个马车夫说。

“我又不是小孩子。”伙计说。

黑胡子把左轮手枪收了起来。他刚放好，酒吧的挡板就合上了，“咔嗒”一声插上了插销，接着是“砰”的一声巨响，客厅的门闩应声断裂，门猛地被撞开。马维尔像一只被擒的小野兔似的直叫唤，于是他们赶紧跑过去救他。黑胡子的左轮枪响了，挂在厅后面的镜子顿时开了花，玻璃碎片叮叮当当地落了下来。

伙计走进客厅时，他看见马维尔的身体奇怪地缩成一团，在通往庭院和厨房的门处拼命地挣扎。伙计还在迟疑的时候，厨房门一下开了，马维尔被拖进了厨房。里面传出了尖叫声和平底锅的碰撞声。马维尔头朝着地，还在拼命挣脱，他被硬拖到厨房另外一扇门的门口，接着门闩被拉开了。

警察赶在伙计前面冲了进来，一个马车夫跟在他后面。警察抓到了拉住马维尔衣襟的那只看不见的手，可是他的脸上却挨了一拳，便踉踉跄跄地后退。门开了，马维尔挣扎着想在门后站住脚。这时候马车夫抓到了一样东西。

“我逮住他了。”马车夫说。

伙计伸出他健壮红润的手，向看不见的东西抓去。

“他在这儿！”伙计说。

马维尔先生被放开了，摔倒在地上。他想爬到正在与隐身人交手的人群后面。他们手忙脚乱地在门边打来打去。警察踩在隐身人的脚上，他大叫一声，大家第一次听到了隐身人的声音。接着他雷霆大发，左右开弓地挥舞着拳头。马车夫的软肋突然被踢了一脚，他疼得弯腰直叫。从厨房通向客厅的门“砰”的一声关上了，马维尔先生乘机逃离了现场。厨房里的人还在凭空乱抓乱打。

“他到哪儿去了？”黑胡子说，“出去了吗？”

“这边。”警察说，他走进院子，站在那里。

一片瓦“呼”的一声从他头上飞过，正好落在厨房桌子上的一堆碗具上摔碎了。

“我要给他一点颜色看看。”黑胡子说，突然一根锃亮的枪管在警察肩膀的上方闪了一下，在暮色中五颗子弹一颗接一颗地向瓦片飞来的方向射去。当黑胡子开枪的时候，他的手不断变换位置，形成了一条弧线，子弹沿着如车轮上的辐条般的轨迹散射到了狭小的院子里。

接着是一片沉寂。“五颗子弹，”黑胡子说，“太棒了，肯定击中目标了，绝对没问题！谁拿一盏灯来，过去摸摸他的尸体吧。”

第十七章
肯普医生的客人

肯普医生一直在书房里写东西，直到枪声响起，他才被惊动了。“砰、砰、砰”，一声接着一声响了起来。

“怎么啦！”肯普医生说。他把钢笔衔在嘴里侧耳倾听。“谁在伯道克开枪？现在这帮蠢驴又在干什么？”

他走过去把朝南的窗子打开，探出身体遥望山下城市的夜景：商店的屋顶和院子淹没在夜色之中，煤气灯密如繁星，宛如一串串耀眼的明珠，照亮了星罗棋布的窗口。“山下快乐板球手旅馆旁边好像有一群人。”他嘀咕道，并继续注意观察。接着他的眼睛又从城市的上空跃过，往远处眺望。他看见那里除了船上有几点灯火闪烁以外，码头也如同一个闪光发亮的多面体建筑，放射着黄宝石般的光芒。上弦月挂在西山上，星光明亮，宛如热带的夜空。

他思绪万千，脑中满是未来社会生活的美好蓝图，最后竟忘记了时间。五分钟以后，肯普医生才清醒过来。他叹了口气，重新关上窗子，回到了自己的书桌旁。

大概过了一小时，前门的铃响了。他在漫不经心地写着东西，自从听到枪声之后，他时常走神。他坐在那儿听着，听到女用人去开门了，便等着她上楼，可是她并没有上来。“究竟是谁呢？”他纳闷道。

他准备重新开始工作，可是做不到，于是站起身，从书房里出来，走到楼梯口，摇了摇铃。女用人来到下面的大厅里，肯普医生就隔着栏杆大声问：“是送信的吗？”

“有人按了门铃就跑了，先生。”她回答。

“今天晚上我老是心神不定。”他自言自语。他回到书房里，这一次他决定摆开架势专心工作了。

不一会儿他又埋头苦干起来，灯罩把灯光聚在写字台上，室内除了滴答滴答的钟声以外，只听得见鹅毛笔在写字台上疾速书写的声音。

肯普医生一直工作到深夜两点多钟。他站起身来，打了个呵欠，下楼睡觉去了。他已经脱掉了外衣和马甲，忽然觉得有点口渴。他拿了一支蜡烛下楼到餐厅里去，想去找一点儿威士忌喝。

科学研究工作使肯普成为一个非常细心的人，他从大厅往回走的时候，注意到楼梯下地毯旁的油布上有一个深色的斑点。他往楼上走去，后来他忽然问自己：油布上的那个斑点究竟是什么东西呢？显然，他下意识地感觉到情况有些不对头。于是他就端着威士忌回到大厅里去。他放下酒杯，弯下身去摸那个斑点。他发现这个斑点的黏性和颜色都像快干的血污，但他并没有大惊小怪。

他又拿起杯子，回到楼上。他一面往回走，一面看看四周，想弄清楚怎么会有血迹。在楼梯口，看见房门的把手上也沾了血污，他一下子愣住了。

他瞧了瞧自己的手，手上很干净。他记得当他从书房下来的时候，房门是开着的，他根本没有碰过把手。他即刻回到自己的卧室里，面色十分镇静——也许比往常更沉着一些。他眼中满是疑惑，四处张望着，最后目光落在床上。床罩上也有一摊血，床单已经被扯破了。上次进来的时候，他一直向梳妆台走去，没有注意到这一点。床铺另一头叠好放着的被褥给压塌了，好像刚有人坐过似的。

后来他感觉很奇怪，好像听见有人低声说："老天爷呀！——肯普！"可肯普医生是不相信有什么天外之音的。

他站在那里，瞧着床上零乱的被单。真有声音吗？他又向周围看了一下，可是除了那张乱糟糟的染上血污的床铺以外，没有其他什么异常现象。接着他清楚地听见房间一侧的脸盆架附近有点动静。任何人，不论他受过多么高的教育，或多或少都会有些迷信。他顿时产生一种所谓"怕鬼"的感觉。他把房门关上，走到梳妆台前，放下了威士忌。突然，他吓了一跳，只见在他自己和脸盆架之间有一卷血迹斑斑的绷带悬在半空中。

他目瞪口呆地望着那卷绷带。绷带包扎得很像样，里面却是空的，什么也没有。他本想去抓住它，可是被一把挡住了。这时，一个声音在他的耳边响起。

“肯普！”声音说。

“啊？”肯普张口结舌地说。

“别慌，”声音说，“我是隐身人。”

肯普盯着绷带一时说不出话来。“隐身人？”他说。

“我是一个隐身人。”声音重复说。

前一天早晨肯普还在大肆讥笑的传闻瞬间涌入他的脑海。这时他既不害怕也不惊讶，他明白这是怎么回事了。

“我本来以为这些都是骗人的。”他说。他最先想到的就是早上那些喋喋不休的争论。

“你绑着绷带吗？”他问。

“是的。”隐身人回答。

“噢！”肯普说，他打起精神，“要我说，这纯属无稽之谈，只是个鬼把戏。”他突然走上前去，朝着绷带伸出手来，他碰到了看不见的手指。

这一碰使他倒退了几步，脸色也变了。

“镇静些，肯普，看在老天爷的分儿上！我非常需要帮助，别动手！”

那只手握住了他的胳膊，肯普伸手就打。“肯普！”声音喊道，

“肯普，镇静些！”那只手握得更紧了。

肯普想拼命挣脱，可是扎着绷带的手臂抓住了他的肩膀，他突然被绊了一下，倒在床上。他张开了嘴刚要叫唤，可是嘴巴被床单堵住了。隐身人冷酷地把肯普压在下面，可是没压住他的胳膊，肯普还在拼命地挣扎。

“你能不能理智一些？”隐身人说。他的肋骨接二连三地挨了肯普几下，但是他还是按住肯普不放。“天哪，我快要让你逼疯了！”

“老实躺着，你这个混蛋！”隐身人在肯普的耳边大声吆喝。

肯普又挣扎了几下，然后就躺着不动了。

“你再敢嚷，我就敲碎你的脸。”隐身人说，他把床单从肯普嘴里抽掉，“我是个隐身人，这既不是骗人的把戏，也不是魔术，我的确是个隐身人。我需要你的帮助。我不想伤害你，不过你要是像个发疯的乡巴佬儿似的，那你就倒霉了。你还记得我吗，肯普？大学学院的格里芬。”

“让我起来，”肯普说，“我不会动的。让我静静地坐一会儿吧。”

他坐起来摸了摸脖子。

“我是大学学院的格里芬，我使自己成了隐身人。我也是一个普通的人，一个你认识的人，只不过我使自己隐身了，仅此而已。”

“格里芬？”肯普说。

“格里芬，”声音答道，“一个年纪比你小的大学同学，算是个白化病患者，六英尺的高个，身材魁梧，脸色粉里透白，眼睛发红，因为化学成绩优异得过奖章。”

“我被你搞晕了，”肯普说，“脑子里乱得很。这跟格里芬有什么关系？”

“我就是格里芬。”

肯普思考了一下。“这太令人吃惊了，”他说，“什么魔法能使人隐身呢？”

“这不是魔法，隐身的过程完全符合科学原理。”

“太令人吃惊了！”肯普说，“究竟怎么……”

“这的确令人难以置信。可是我受了伤，痛得厉害，我太累了！天哪！肯普，你是个大丈夫，镇静一些！给我点儿吃的喝的，让我坐在这儿。”

肯普望着绷带移到了房间的另一侧，接着他看见一把藤椅顺着地板被拖到床边停了下来。椅子响了一声，坐垫就陷下大约四分之一英寸。肯普揉了揉眼睛，又摸摸脖子。“这简直比鬼还神呢！”他说，然后便傻笑起来。

“这样才好。谢天谢地，你明智一些了！”

“也许是更愚昧了。”肯普说，又用手指轻轻敲了敲脑袋。

“给我喝点儿威士忌。我快不行了。”

“我没法给你。你在哪儿？假如我站起来，会不会和你撞上？喂！好吧，威士忌……在这儿。我在什么地方给你呢？”

椅子一响，肯普觉得手里的玻璃杯被使劲儿夺走了。其实他握得很紧，完全不希望杯子让隐身人拿走。杯子在椅子前沿上方二十英寸的地方悬空不动了。肯普大惑不解地看着玻璃杯。

“这肯定是催眠术。你一定事先向人们暗示你是看不见的。”

“胡说八道！”声音说。

“这实在是太不可思议了！”

“听我说。”

“今天早上我还用实验证明了，”肯普说，“隐身术是……”

“不管你证明了些什么！我饿了，”声音说，“我没有穿衣服，夜里太冷了。”

“要吃的吗？”肯普说。

威士忌酒杯自动斜倒下来。“是的。”隐身人“啪”的一声把杯子放下来说，“你有睡衣吗？”

肯普发出轻轻的感叹声。他走到衣柜旁，拿出一件暗红色的长袍来。“这件行吗？”他问道。衣服被接过去了，它柔软地挂在半空中，奇怪地飘动了一会儿，直挺挺地展开，悬在那里规规矩矩地扣扣子，最后在椅子上坐了下来。

“帮我找来内裤、袜子、拖鞋，让我也舒服些。”隐身人急不可耐地说，“还有吃的东西。”

“都能找到，不过这是我这辈子见到的最荒唐的事情。”

他拉开几个抽屉，翻出这些东西，然后又下楼去搜罗食品。他带回一些冷肉片和面包，搬来了一张轻便的桌子，把食品放在客人面前。

“不用找餐刀了。”客人说，接着一块肉片挂在半空中，伴随着咀嚼的声音。

“我吃东西以前，总喜欢用什么东西围一下。”隐身人说。他贪婪地吃着，嘴里塞得满满的。“这是怪癖。”

“手腕没受伤吗？”肯普问道。

“放心吧。”隐身人说。

“世界之大，无奇不有……”

“的确，奇怪的是我竟会闯到你家里来扎绷带。我第一次这么走运！总之，今天晚上我打算睡在这里，你得多担待些！我流了血，很讨厌吧？那边有一大摊。我知道了，凝结以后就看得出来了，我只改变了活的细胞组织。我进到这房子里已经有三个小时了。”

“可是这是怎么做到的？”肯普开始带着恼怒的声调说道，“真是的！整个事情从头至尾都违背常理。”

“相当合理，”隐身人说，“完全合乎逻辑。”

他伸过手去把威士忌酒瓶拿了过来。肯普盯着那件正在狼吞虎咽的睡衣。一线烛光穿过睡衣右肩上的一个破洞，照在左侧肋部的下方，形成一个三角形光斑。

“开枪是怎么回事？”他问，“怎么会开起枪来呢？”

“有一个笨蛋——该死的东西！也算是我的一个同伙。他想偷我的钱，他已经得逞了。”

“他也是隐身人吗？”

“不”

“那么？”

“在我把所有情况都告诉你以前，能不能让我再吃一点？我饿得难受，而你却要我讲故事！”

肯普站起身来。“你本人没开枪吗？”他问道。

“不是我，”他说，“有一个我从来没有见过的混蛋乱开枪。他们大多数人都吓坏了，他们都怕我。这帮该死的！我说，还能不能再拿点吃的，肯普。”

“让我到楼下去看看还有什么可吃的。”肯普说，“恐怕不多了。”

隐身人饱餐了一顿，吃完以后，他要了一根雪茄。肯普还没找来小刀，他就粗野地把烟尾咬掉了，外面的烟叶松了，他咒骂了一声。

他抽烟的样子非常奇怪：他的口腔和喉咙，咽喉和鼻孔全显露出来了，成了烟雾腾腾的模具。

“抽烟真舒服。”他说，随后使劲地吐出烟雾，“遇见你真算我走运，肯普。你必须帮助我。想想看，我刚刚才遇见你！我已陷入绝境——我想，我已经疯了。我遭遇了多少事情！可是我们还要干下去，让我告诉你——”

他自己动手倒了些苏打威士忌。肯普起身往周围看了看，到隔壁房间里去给自己拿了个玻璃杯来。

“这简直太疯狂了——我想我可以喝点酒吧。”

“肯普，这十几年来你倒没有多少变化。你们一帆风顺的人是不怎么变的，总是又冷静，又有条理。我必须跟你说，我们要一起合作干下去！”

“可是这都是怎么搞的呢？”肯普说，“你怎么变成这样的？”

“看老天爷分儿上，让我静静地抽一会儿烟，然后再从头开始告诉你吧。”

可是那天晚上隐身人并没有讲他的经历。他的手腕愈来愈痛。他有点发烧，感到疲惫不堪，他脑子里还萦绕着往山下狂奔以及在旅馆里搏斗的情景。他开始叙述他的经历，可是说着说着就离题了。他断断续续地谈到马维尔，又使劲地抽烟，语气变得愤怒起来了。肯普想尽量听出点头绪来。

“他怕我，我看得出来，他怕我。”隐身人反复说了好几遍，“他早就想要溜掉，他每时每刻都在寻找机会！我真是个傻瓜！

“畜生！我真应该宰了他……”

“你的钱是打哪儿来的？”肯普突然问。

隐身人沉默了一会儿。“今天晚上我不能告诉你。”

他突然呻吟了一声，身体略向前倾，他的看不见的头支撑在看不见的手上。

“肯普，”他说，“我将近三天没有好好睡觉了，只是偶尔睡上个把钟头。我必须马上睡觉。”

“那么，在我的房间里睡吧——就在这个房间。”

“可我怎么能睡呢？我一旦睡觉，他就要逃走了。咳！现在我也无能为力了。”

“那一枪伤着你了吗？”

“没有什么，只擦破了皮，出了点儿血。天哪！我实在太困了！”

“干吗不睡呢？”

隐身人好像在打量肯普。“因为我最怕被我的同伙抓住。”他慢吞吞地说。

肯普吃了一惊。

“我真是个傻瓜！”隐身人轻轻地敲了敲桌子说，“居然连这个也跟你讲。”

第十八章
隐身人睡觉

隐身人疲惫不堪，而且身体受了伤，他不敢轻易相信肯普尊重他自由的承诺。他检查了卧室里的两扇窗子。他拉起窗帘，打开窗户，为的是证实肯普的话：从窗子逃出去是可能的。外边是寂静的黑夜，一弯新月正挂在高原的上空。他又检查了卧室和两间更衣室门上的钥匙，确信他的自由又多了一重保障。最后他才算放心了。他站在火炉边的地毯上，肯普只听见他打了个哈欠。

“实在抱歉，”隐身人说，“今天晚上我不能把我干的一切都告诉你，我太累了。当然，这的确很离奇，很可怕！可是，相信我，肯普，不管你今天早晨是怎么看的，这完全是可能的事情。我发明了一样东西，我本来打算保守秘密，可是我不能，我一定要有一个伙伴。而你……我们可以一起做这些事情……明天再说吧。现在，肯普，我觉得再不睡觉就要完蛋了。”

肯普站在屋子中央，望着那件无头睡衣。“我想我该走开了，”他说，“这太不可思议了。接连发生了三件怪事，把我所有的见解都推翻了，简直叫我发疯。但这是活生生的事实！现在还需要我为你做什么吗？”

“就祝我晚安吧。”格里芬说。

“晚安。”肯普说，他握了握那只看不见的手，然后绕过睡衣走到门口。

突然睡衣向他快步走来。“我要让你知道！”睡衣说，“千万不要找我麻烦或者试图抓住我！否则的话……”

肯普的脸色有点异样。“我想我向你保证过了。”他说。

肯普出来以后，轻轻地关上门，门马上就从里面锁上了。他站在那里，脸上不禁有点惊讶。这时候，一阵脚步声又迅速地传到更衣室的门口，那扇门也锁上了。肯普拍了一下额头。“我是在做梦吗？是这个世界疯了，还是我疯了？”

他笑了笑，将手按在锁住的门上。“被一个肆无忌惮的怪汉关在自己卧室的门外！”他说。

他走到楼梯口，回过头来，又瞧了瞧那扇锁住的门。“这就是事实。”他说，用手指摸了一下受了轻伤的脖子，“不容置疑的事实！

“可是……”

他无可奈何地摇摇头，回身下楼去了。

他点亮餐厅的灯，拿出一根雪茄，开始在房间里走来走去。

他控制不住情绪，不时跟自己争辩。

“隐身！”他说。

“有这样隐身的动物吗？在海里——是有的，成千上万。海里所有的幼虫，所有动物的无节幼体或幼虫，一切微生物——比如水母，都是如此！在海里看不见的东西比看得见的多！以前我从来没有想过这一点……小池塘里也是这样！生活在池塘里的这些小东西，就像一块块无色透明的果冻！可是在空气里！没有！

“人是不可能隐身的。

“可是眼前的——为什么不可能呢？

“一个人即使是玻璃做的，他还是能被看见的。”

他考虑得越来越深。他一根接一根地抽烟，当三根雪茄都化成白灰掉在地毯上的时候，他才又发出声音，但这也只不过是一声叹息而已。他转身走出房间，来到诊疗室。他点亮了煤气灯。屋子很小，因为肯普医生并不靠行医为生。当天的报纸就在里面，打开的报纸随意丢在一旁。他抓起报纸，翻过来就看到《来自伊平的奇闻》，就是在斯托港老水手很吃力地念给马维尔听的那一段。肯普一口气就读完了。

“裹得严严实实的！”肯普说，“化了装！遮遮掩掩！‘似乎谁也没想到他会惹是生非。’他要的是什么鬼把戏？”

他扔掉报纸，露出若有所思的目光。“啊！”他惊叹了一声，随即抓起一份送来后一直未打开的《圣詹姆士报》。“马上我就知道真相了。”肯普医生说，他打开报纸。在他面前呈现一条占满两三栏篇幅的新闻，标题是《苏塞克斯郡某村鸡犬不宁》。

“天哪！”肯普说着，迫不及待地读了起来。报道记录了前天下午发生在伊平的咄咄怪事，具体内容前面已经叙述过了。这一页的反面也转载了晨报上的那篇报道。

他重读了一遍。“左右开弓地穿过街道。杰弗斯不省人事。赫克斯特先生身负重伤——还不能开口叙述他所看见的一切。牧师蒙受奇耻大辱。霍尔太太惊惶成疾。窗子被打得粉碎。这一则荒诞不经的故事也许是编造出来的，然而情节精彩，不登未免可惜——读者请多加斟酌。”

他放下了报纸，两眼发直，望着前面。“也许是编造的！”

他又拿起报纸，把全部内容重新读了一遍。

“可是这跟那个流浪汉有什么相干呢？真见鬼，他为什么要追赶一个流浪汉呢？”

他突然往手术椅上一坐。

“他不仅是个隐身人，”他说，“而且是个疯子！杀人狂！”

天快亮了，外面的一线白光透了进来，和餐厅里的灯光及烟雾混合在一起，肯普还在那里来回踱着步子，总想把这件不可思议的事情搞个清楚。

他心事重重，怎么都睡不着。用人们睡眼惺忪地下来了，看见了他，都想当然地以为他因为工作过度劳累了。他向他们做了异乎寻常但十分明确的吩咐，要他们在楼上书房里准备两个人的早饭，并且要他们都老老实实待在地下室和楼下，不许乱跑。然后他继续在餐厅里走来走去，早上报纸送来的时候他才停下脚步。报上证实了前一晚发生的事，还有一篇来自伯道克港的奇闻，内容清楚明了。其他的文章都是空话连篇，没什么内容。肯普大致了解了快乐板球手旅馆所发生的事情，并知道了马维尔这个名字。“他让我陪了他二十四小时。”报上引用了马维尔的话。除此以外还对伊平事件添加了不少细节，其中最引人注目的是村里的电报线被割断了。可是始终看不出隐身人和那个流浪汉之间有什么联系，因为马维尔先生没有提供任何关于那三本笔记和他将钱装入私囊的情况。没有人再说不相信有隐身人了，成群的记者和调查者已经开始着手探究此事。

肯普不错过报道中的任何一个细节，然后他又打发他的女用人把找得到的每一种报纸都买来。他都一口气看完了。

“他是隐身人！”他说，“从报纸上看，他疯狂的行为好像是由愤怒引起的！他什么事都干得出来！他什么事都干得出来！他就在楼上，自由得像空气一样。我究竟该怎么办呢？

“比如，这样算不算不讲信用呢，假如——？不。”

他走到墙角，在摆放零乱的书桌旁边动笔写一张便条。他写了一半就把它撕了，又另外写了一张。他看了一遍，又考虑了一下。然后他拿出一个信封写上“伯道克港艾迪上校收”。

肯普正在写的时候，隐身人醒了。他醒的时候脾气非常坏。肯普对任何声音都很敏感，只听见隐身人忽然在他头顶上的卧室里匆匆穿过。一把椅子被碰倒在地上，脸盆架上的杯子也打破了。肯普赶紧上楼去，急切地敲着卧室的门。

第十九章
几项基本定理

“怎么啦？”隐身人开门后，肯普开口就问。

“没什么。”他答道。

“可是，真见鬼，那你干吗要砸东西？”

“就是发发脾气，”隐身人说，“忘记这只胳膊受伤了。”

“你老是发脾气。”

“是啊。”

肯普走过去，捡起了玻璃碎片。“外面到处都在谈论关于你的事情，”肯普手拿玻璃片站着说，“伊平和山下所发生的事情都有。全世界已经知道有这么一个隐身的公民了。可是谁也不知道你在这儿。”

隐身人骂了一声。

“秘密已经公开了，我想这本该是个秘密。我不知道你的计划是什么，但是，当然，我是很想帮你忙的。”

隐身人在床上坐了下来。

“早饭在楼上。”肯普尽量说得自然些。看见他的客人欣然站起身来，他觉得很高兴。肯普带着路，从狭窄的楼梯往书房走去。

“在我们干其他事情之前，”肯普说，“你得让我懂一点这种隐身术。”他朝着窗外不安地看了一眼，然后坐了下来，仿佛有话要说。他盯着餐桌对面格里芬坐着的地方，只见那件无头无手的睡衣，正神奇地拿着一块餐巾，在擦看不见的嘴巴。本来他对于整个事件是否确实心中还存有疑惑，可现在疑团全都打消了。

“这是非常简单的……而且是完全可信的。”格里芬把餐巾放在一边说。

“对你当然没有问题，但是……”肯普笑了笑。

“是啊，毫无疑问，起初我也觉得很奇妙。可是现在，天哪！……不过我们会干成一番大事的！我最先在切西尔斯多无意中发现了这种东西。”

“切西尔斯多？”

“离开伦敦以后我就到那儿去了。你知道我放弃了医学改学物理了吗？不知道吧！我改了专业，迷上了光学。”

“啊！”

“光密度！整个课题就像一个难以解开的密网，答案扑朔迷离，让人捉摸不定。可是当时我只有二十二岁，热情十足。于是我对自己说：‘我愿意献身于这门科学，这是值得的。’你知道我们在二十二岁的时候是多么傻啊！”

“不是那时候傻就是现在傻。”肯普说。

“好像掌握了知识就会心满意足似的！

“我废寝忘食地拼命学习。我刻苦钻研了半年，忽然，我看见了一线曙光——照得人眼花缭乱！我发现一个关于色素和折射的基本原理——一道公式，其中包括一个四维的几何式。傻瓜、普通人，甚至一般的数学家也想不到某些普通的公式对于分子物理学专业的学生具有什么意义。在那些笔记本——那些被流浪汉藏起来的笔记本里，记录着奥妙而神奇的东西！可是这并不是一种方法，而是一个概念，这个概念可以引导出一种方法，利用这种方法，可以根据各种实际需求，把某种固体或液体物质的折射率降低到和空气一样，而且除了在某些情况下颜色可能要改变以外，不必改变物质的其他性质。”

“哟！”肯普说，“的确很新奇！可是我还是不大明白……我相信用你的方法能使一块宝石面目全非，可是人的隐身和这个大不相同。”

“你说得很对，”格里芬说，“可是考虑一下，可见度完全是由可见物在亮光下的反射决定的。姑且认为你不懂，我把基本的事实讲给你听，这样会使我的意思更清楚。你知道，一个物体不是吸收光就是反射或折射光，或是几者兼备。如果它既不吸收光，又不反射或折射光，那么它本身就不会被看见了。比如说，你看见一只红色不透明的盒子，这是因为这种颜色吸收了一部分光，而把剩余的红色部分反射给你。如果它不吸收任何特殊部分的光，而全部反射出来，那么它就会成为一个亮晶晶的白色盒子。银子就是这样！钻石制成的盒子不会大量吸收光，表面上一般也不会反射大量的光，只是表面的一些特殊部分反射或折射光，因此你看到的是一个光彩夺目的半透明体，其轮廓仿佛由光线交织而成。一只玻璃盒子就不会像钻石盒子那么明亮，那么清晰，因为它的反射和折射程度较差。你知道吗？从某些角度看，你可以透过它看得很清楚。有几种玻璃比别的玻璃看得更清楚——铅玻璃的盒子就比普通窗户玻璃做的盒子更加明亮。一个普通薄玻璃的盒子，在光线不足的情况下就很难看得见，因为它几乎不大吸收光线，而且反射和折射也很少。如果你把一片普通的白玻璃放在水里，特别是放在密度比水更大的液体里，那么几乎就完全看不见它了。因为光经过水到达玻璃的时候，已经很少折射或反射，或者说不会受到什么作用。它几乎像空气中的一股煤气或氢气那样无影无踪了，其中的道理是完全一样的！"

"是的，"肯普说，"这很简单，现在连小学生都知道。"

"还有一个事实也是每一个小学生都知道的。肯普，如果把一块玻璃打碎了，而且打得粉碎，最后碾成了不透明的白粉，那么它在空气中会看起来更清楚些。这是因为敲成粉末增加了玻璃的折射面和反射面。在一片玻璃上只有两个面，而在粉末中光线就被它所照过的每一个微粒所反射或折射，很少直接穿过粉末。但是白色粉末一旦放进水里马上就看不见了。玻璃粉和水的折射率差不多，这就是说，光线从一个微粒射到另一个微粒时很少折射和反射。

“假如你把玻璃放进一种折射率跟玻璃本身几乎相同的液体里，那玻璃就看不见了；一件透明体放在同一折射率的媒介物中，就会隐形。你只要略加思考就可以知道：如果能使玻璃粉的折射率和空气一样，那么在空气中就看不见它了。因为这样的话，光线从玻璃射到空气中去的时候就不会产生折射或反射了。”

“是的，是的，”肯普说，“可是人并不是玻璃粉！”

“不错，”格里芬说，“但是，人的透明度更强！”

“胡说！”

“一个医生竟然说出这种话！你忘得这么快！十年时间你把物理知识都忘了吗？想一想那些看起来不是而实际上却是透明的东西吧！就拿纸来说，它是用透明的纤维做成的，它之所以呈白色不透明，原理正和玻璃粉一样。如果在白纸上涂一层油，把它的分子之间的空隙都填上油，使它除表面以外不再产生反射或折射，那么它就和玻璃一样会变成透明的了。肯普，不仅仅限于纸，就是棉、麻、羊毛、木头、骨头等东西的纤维，以及肌肉、毛发、指甲和神经，事实上，整个人体的纤维，除了血里面的红色素和毛发里的黑色素以外，都由无色透明的组织构成的。由于这些组织极其微小，我们相互之间才能看见。大体而言，生物纤维的透光性比起水来并不差。”

“天哪！”肯普喊道，“当然，当然！昨天晚上我还想到了海里的幼虫和水母！”

“现在你明白我的意思了！这一切都是我在六年以前，也就是离开伦敦一年以后发现的。我严守我的秘密。周围的环境十分恶劣，不利于我的研究工作。我的教授奥利弗是一个科学界的流氓，学术思想的盗贼。他就喜欢窥探打听别人的科学研究！你当然也知道科学领域不公正的体制。我就是不愿公布，不愿意让他分享我的荣誉。我继续研究，按照我的公式进行实验，离目标越来越近了。我没有告诉任何人，因为我希望我的成果公之于世的时候，能引起轰动，使我一举成名。我开始研究色素问题，来弥补几个不足的方面。后来，极其偶然的，我在生理学上有了一个新发现。”

“是吗？”

“你知道血液里的红色素吧，我可以把它变成白的，无色的，同时让它保持原有的机能！”

肯普诧异地叫了一声。

隐身人站起身来，在小书房里踱着步子。“你当然会觉得奇怪。白天那些呆头呆脑的学生总在烦我，我只有晚上才能做自己的事情，有时候我一直工作到天亮。我记得那天晚上的情形。夜已深了，突然，我的脑子里闪现出一个绝妙的、完完整整的想法。我一个人待在那里，实验室里静悄悄的，灯光很亮……‘我可以使一个动物、一个细胞组织透明！除了色素以外，我可以设法让肉眼看不见它。我可以隐身！’我感叹道。我恍然意识到，对我这样一个白化病人来说，具备这种知识意义是多么重大。真是太激动人心了！我丢下了手中的滤光器，走到窗前，望着窗外的星空。‘我可以隐身。’我一遍又一遍地说。

“做这样一件事情与玩魔术是完全不同的。我头脑中十分清楚地显现出隐身术给一个人带来的绝妙境界——神秘、权力和自由。我想不到会有什么不好。你想想看吧！像我这样一个没有出路的实验演示教员，穷得要命，衣着总是很寒酸，成天在省立学院教着一群傻瓜，突然搞出这种绝妙的发明。我问你，肯普，要是你……随便哪一个人，我告诉你，都会把这项研究搞下去的。我为此整整工作了三年，难以攀登的山峰一座接一座。其中的艰辛是说不完道不尽的！还有一些令人气愤的事情！有一个教授，省立学院的一个教授老喜欢打听，动不动就问‘你打算什么时候公布你的成果？’还有那些学生也搅得你头痛！三年的时间我受够了……

“三年来我一直严守秘密，遇到了许多困难，最后我发现这项研究是不可能完成的——不可能的。”

“为什么呢？”肯普问道。

“没钱。”隐身人说，然后他走到窗边向外眺望。

他突然转过身来。“我抢了那老头的钱——我父亲的钱。钱不是他自己的。他开枪自杀了。”

第二十章
住在波特兰大街

肯普静静地坐了一会儿，凝视着那个靠近窗口的无头背影，隐身人站在那里望着窗外。肯普突然想起一件事，他站起身来，抓住隐身人的胳膊，把他拉了过来。

“你累了，”他说，“我坐着的时候你还在走来走去。坐我的椅子吧。”他走过去靠近格里芬，站在窗子旁边。

格里芬坐下沉默了片刻，然后突然接着说：“这件事情发生的时候，我已经离开切西尔斯多学院了。去年 12 月，我在伦敦租了一间房子，就在波特兰大街附近的一个贫民区。我这个房间很大，然而这里管理很差，屋里又没有家具。我马上用从父亲那儿抢的钱买了许多实验仪器放在房间里。研究稳步顺利地进行着，而且已经接近尾声了。参加父亲葬礼的时候，我好像一个刚从丛林里出来的人，突然赶上一场索然无味的悲剧一样。我去参加父亲的葬礼，可心里还惦记着我的研究，至于怎样挽回他的声望我想也没想。我还记得葬礼进行的情形：简陋的灵车，简单的仪式，山坡上刺骨的霜冻和寒风。他的老同学——一个驼背老人，穿着破旧的黑衣。他着了凉，鼻涕直流，在父亲的坟上诵读祭文。

“我记得在回到那个冷清凄凉的家的路上，我穿过一个地方，那里过去曾是一个村庄，而现在被那些偷工减料的建筑商拼凑得像一个乱七八糟的小镇。条条道路最后都通往肮脏的田野，它们的终点都是乱石堆和腐臭、潮湿的野草丛。我记得自己当时又黑又瘦，在滑溜溜、发亮的街边走着，我不愿与当地卑劣的社会习俗和唯利是图的风气同流合污……

“对于父亲的死，我丝毫不感到惋惜。在我看来，他是自己愚蠢感情的牺牲品。我去参加葬礼只不过是为了遵循虚伪的习俗，其实这并不关我的事情。

“当我走在大街上的时候，昔日的生活情景在我眼前一一浮现。我遇见了十年前结识的一位姑娘，我们的目光碰在了一起……

“我不由自主地转过身去跟她攀谈。其实她是个非常普通的人。

“这一次旧地重游完全像是一场梦。当时我倒不觉得孤单，不觉得像是脱离世界，来到了一个荒无人烟的地方。我已经意识到没有人能真正理解我，这也只是俗人的一次无聊的经历而已。一回到我的屋子就好像返回了现实的世界。那儿有我所熟悉和心爱的东西。那儿放着仪器，安排就绪的实验等待着我。除了详细的计划以外，现在基本上是没有什么困难了。

“肯普，我迟早要把全部复杂的过程告诉你，现在我们暂且不谈。除了我特意记住的一些步骤以外，大部分都用密码记在流浪汉藏起来的笔记本里了。我们一定要找到他，一定要把那些笔记本找回来。要把需要降低折射率的透明体放在两个带有某种微振的放射中心之间，这是问题的关键。这个我以后再详细地告诉你。我所指的不是伦琴振动，我知道其余的部分我还没跟你讲，但是已经显而易见了。我主要需要两台小发电机，我用一台便宜的煤气发动机来启动……我的第一次实验是用一小块白布进行的。这简直是世界上最奇怪的事情了：在闪烁的电光下，它变得又软又白，然后像一缕轻烟似的消失得无影无踪了。

“我简直不相信这是我做的。我把手伸到放布的地方，它依然是实实在在的一块布。我摸的时候一不当心，把它弄到地上去了。再把它找到却费了一番功夫。

“接下来的经历也很奇特。我听见背后“喵”的一声，回头一看，只见一只又瘦又脏的白猫坐在窗外水槽的盖子上。我突然灵机一动。‘就等你了。’我说，于是我走到窗口，打开窗子，轻声唤它过来。它欣喜地进来了。这可怜的小家伙饿了，我就给它喝了点儿牛奶。我的全部食品都放在墙角里的一个碗柜里。吃完以后猫就在屋子里闻来闻去，显然想在这儿安家了。它被那块看不见的破布绊了一下，它冲着看不见的东西龇牙咧嘴。那副样子你真该瞧瞧！我让它舒舒服服地躺在我那张四轮矮床的枕头上，我还给它吃了点黄油，引诱它洗澡。”

“你就拿它做了实验吗？”

“是的，我拿它做了实验。可是肯普，给猫吃药可不是闹着玩的！实验失败了。”

“失败了？”

“出现了两个问题，就是爪子和色素。那叫什么？就是猫眼眼底的东西。你知道吗？”

“视网膜。”

“对，视网膜。它隐不掉。我用药把它的血给漂白了。我还做了一些其他的事，我给它吃了些鸦片，让它趴在仪器上面的枕头上。等到其余一切都褪了色，消失了以后，它眼睛里的那两个鬼东西还留着。”

“真奇怪。”

“我没法解释这是为什么。当然它是被绑着固定在那里的，因此它不能乱动，可是当它形体还是模糊不清的时候，它就醒过来了，并且惨叫着。就在这时有人敲门了。这是楼下的一个老太太，疑心我在做活体解剖。这个醉醺醺的老太婆除了关心一只猫以外，其他什么也不管。我马上给猫用了一点麻药，然后再去开门。‘我好像听见一只猫叫，’她问道，‘是我的猫吗？’‘不在这儿。’我很有礼貌地说。她有点怀疑，想隔着我朝屋子里探视。光秃秃的墙壁、没有帘子的窗、有脚轮的床、开动着的煤气发动机、闪烁的光点以及空气中一丝刺鼻的麻药味，不用说，这一切都使她觉得怪。最后她还是相信了我的话，终于走了。”

“实验花了多长时间呢？”肯普问。

“用那只猫实验，花了三四个钟头。骨头、筋肉和脂肪是最后隐没的，还有那有色的毛。正像我所说的，最后还剩下眼睛后面彩色的东西，它很顽固，老是不褪色。

“在我的实验结束之前，外面早就黑下来了。屋子里除了模糊的眼睛和爪子以外，什么都看不见。我关上了煤气发动机，摸了摸那只尚未醒来的猫，拍了它一下，给它松了绑。我实在太累了，就让它躺在看不见的枕头上，我自己也去睡了。但我怎么也睡不着。我躺在那儿睁着眼睛胡思乱想，反复地回忆那个实验；时而头脑发热，梦见各种东西都变得模糊，慢慢地消失了，直到最后我周围的每一样东西都看不见了，包括我站的地方。于是我开始做噩梦，许多人都做过这种令人胆战心惊的梦。大约两点钟的时候，那只猫开始在房间里乱叫了。我打算逗逗它，叫它静下来，后来我决定把它放出去。至今我还记得在划火柴的时候我吓了一跳。除了碧绿的圆眼睛发着光以外，我什么也没有看到。我想给它喝点儿牛奶，可是我一点也没有了。它不肯安静下来，老是坐在门口叫个不停。我想把它捉住，扔到窗外去，可是捉不住它，怎么也看不见它。它在屋子里东蹿西跳，叫个不停。最后我打开了窗子，把它往外赶。我想它终于跑出去了。从此以后，我再也没有见到这只猫，也没听过它的叫声。

“后来，天知道是怎么搞的，我又回忆起我父亲的葬礼，还有当时阴风吹拂、凄凄惨惨的山坡。就这样一直挨到天亮。我觉得睡着是不可能的了，于是就锁上了门，一大早上街散步去了。”

“这么说世界上有一只隐身猫逍遥法外，是不是？”肯普说。

“如果它还活着的话，”隐身人说，“为什么不能有呢？”

“什么意思？”肯普说，“我不是故意要打断你。”

“它很可能被打死了，”隐身人说，“我知道四天以后它还活着，在铁契菲尔德大街的一个栅栏中间，因为我看见一群人围住那个地方，想弄清楚猫叫声是从哪儿传来的。”

他沉默了将近一分钟，然后他突然接着说：“我清清楚楚地记得隐身前的那个早晨。我大概是到了波特兰大街，因为我记得奥尔巴尼街的兵营，还有骑兵跑了出来，最后我来到了樱草花山顶，坐在那里。尽管阳光明媚，可我觉得身体很不舒服，感觉非常不妙。那是1月份某个晴朗的日子，也是下雪前一个多霜的晴天。我头脑很疲倦，但是我还是想仔细分析一下情况，然后制订出下一步计划。

“顿时我惊奇地发觉，虽然我的目标十分明确，可迄今为止我的成就远不足以帮我达到目的。事实上我已经精疲力竭了，四年来我一直在紧张地工作，现在我疲惫不堪，无论什么东西都唤不起我的激情。我已经变得麻木不仁了。我想恢复最初开始研究时的激情，这种激情曾令我对父亲的死无动于衷。但是我怎么也振作不起来，好像什么都没意思。我非常明白，这是一种暂时的情绪，是劳累过度和睡眠不足造成的，吃一点药或者休息一下我就可以恢复精力。

“我想得非常清楚，这件事必须要干到底。我仍然抱着这种顽固的态度，而且要赶快完成，因为我手里没几个钱了。我往周围看了看，山坡上的儿童在做游戏，一群小姑娘看着他们。我立刻想象出一个隐身人在人世间所能拥有的各种妙不可言的优势。过了一会儿我慢慢吞吞地回到了家里，吃了一点东西，又服了大剂量的士的宁，没脱衣服就躺在没有铺好的床上睡下了……肯普，士的宁是一种不错的补药，可以消除疲乏。”

“这种鬼药，”肯普说，“旧石器时代就有了。”

“我醒来的时候异常兴奋，但脾气相当暴躁。你知道吗？”

“我了解这种药。”

“我听见有人敲门，是我的房东。他是个波兰犹太老头儿，身上穿着一件灰色的短大衣，脚上是一双沾满污垢的拖鞋。进屋以后他摆出一副兴师问罪、刨根问底的架势。他认定我在夜间折磨猫了——肯定是楼下的老太婆多嘴多舌。他坚持要把情况搞清楚。当地的法律严禁活体解剖，他可能会受到牵连。我否认屋子里有猫。他说整幢房子都可以感觉到煤气小发动机的颤动。当然，确实是这样。他侧着身子绕过我，往房间里面走，透过他那副德国银边眼镜四处张望。突然我担心他会发现我的秘密。我想在他前面挡住我放好的浓缩器，却反而使他更加怀疑：这个人在干什么呢？为什么他总是一个人待着而且鬼鬼祟祟的呢？这是合法的吗？这会带来危害吗？除了正常的房租以外他一分钱也不多付。

与四周破烂不堪的地方相比，他的房子算是最体面的了。我突然发起脾气来了，让他出去。他不肯，而且嚷嚷着说他有进来的权利。我立刻一把抓住他的领子，扯破了一样什么东西，他滚到自己的走廊上去了。我使劲把门关上，反锁起来，坐在那里发抖。

“他在外面大吵大闹，我根本不理他，过了一会儿他走了。

“可是这一下就惹麻烦了。我不知道他要干什么，也不知道他到底会怎么对付我。如果搬家，工作就要被耽搁。况且，我口袋里的钱总共只剩下二十镑了，大部分还存在银行里。我不能那么干。隐身吧！我没有别的选择。他们会来了解情况，还要彻底搜查我的房间。

“一想到我的工作在关键时刻可能会暴露或者就此中断，我就非常恼火。我马上行动起来，带着三本笔记和支票簿急忙跑出去。笔记本和支票簿现在都在流浪汉那里。我跑到最近的一家邮局把它们寄到波特兰大街的一个邮件候取处。我出去的时候动作很轻。回来时还没进房间，我就发现房东正悄悄地上楼。我想，他肯定听到了我离开时关门的声音。我跟在他后面，快步上楼。在楼梯口他闪开让路的那副样子你见了一定会笑。我打他身边走过的时候，他瞪了我一眼，我把房门使劲一带，整幢房子都在颤动。我听见他拖拖沓沓地走到我门口，犹豫了一下，然后下楼去了。我马上就开始了我的准备工作。

“就在当天晚上我的实验成功了。我服用了消除血液颜色的药物之后，昏昏沉沉地坐着，像害了一场大病。这时候有人不停地敲门。暂停了一会儿，人走开了，接着又回来敲。有人想从门底下把一样东西塞进来——这是一张蓝颜色的纸。这一下把我惹恼了，我站起来，过去拉开了房门。‘怎么回事？’我说。

“原来是房东。他拿了一张房屋停租通知书之类的东西，刚要递给我，大概是看见我的手有点异样，他又抬起眼睛来看我的脸。

“他一下子愣住了，然后发出嘶哑的叫声，手里的蜡烛和纸都掉在地上了，他跌跌撞撞地穿过黑暗的走廊向楼梯跑去。

“我关上门，上了锁，走到镜子前面。这时候我明白他为什么恐惧了。我的脸是白的——像白颜色的石头一样。

“但随后发生的事情就更可怕了，我没有料到要受这种罪。整夜我都感到浑身剧痛、恶心，身体变得虚弱。我的皮肤、我的整个身体都像火烧火燎的一样。可是我咬紧牙关，像快死了似的躺在那里。这时候我才明白那只猫为什么在施用麻药之前发出那样的惨叫。幸亏我是单身居住，没有人在我身边。我有时抽泣、有时呻吟、有时自言自语。可是我咬牙坚持着……昏了过去。苏醒过来的时候，我浑身乏力，周围一片漆黑。

“痛苦过去了，我觉得整个过程好像是自杀一样，可是我不管。天快要亮了，我看见我的两只手变得像毛玻璃似的，随着天越来越亮，它们变得更加透明，像稀薄的空气一般，到了最后，即使我闭着透明的眼皮，也能隔着双手看见房间里乱七八糟的情形。我的四肢变得像玻璃一样，骨头和血管先是模糊，然后慢慢地消失了，后来，白色的细小神经也不见了。我一动不动咬紧牙关坚持着……最后只剩下苍白的、没有血色的指甲尖和手指上褐色的酸性斑迹。我永远忘不了那个早晨，忘不了当时惊恐不安的感受。

“我挣扎着站起来，一开始就像婴儿一样，用看不见的肢体艰难地迈着步子。我身体非常虚弱，而且肚子很饿。我走到自己修面的镜子前面，可是什么也没有看见——除了我视网膜后边有薄薄一层比雾还淡的色素以外，什么也没有看见。我只有紧靠台子把额头贴在镜子上，才能看到那一点淡淡的颜色。

“一种疯狂的意志支配着我，费了好大劲我才回到仪器旁边，彻底完成了实验的全部过程。

“我拿一块布蒙在眼睛上遮住亮光，睡了一个上午，快到中午的时候我又被一阵敲门声吵醒了。我已经恢复了体力。我坐起身来听到有人在低声说话。我赶快起来，开始把仪器上的各个部分拆开，尽可能做到没有一点声音，并且把它们分放在房间各处，不让别人看出它们是一台仪器的组装零件。接着外面又敲起门来，还有叫喊的声音。最初是房东的，后来是另外两个人的。为了争取时间，我应了他们一声。我拿起隐形的破布和枕头，打开窗子把它们抛到水池盖上。我开窗子的时候，房门被重重地撞了一下。有人想撞开门上的锁，他们没有得逞，因为前些日子我装了一个结实的门闩。我又惊又怒，在房间里直发抖，匆匆忙忙地料理着东西。

“我把一些废纸、稻草、包装纸等堆在屋子中间，打开了煤气。重重的敲门声接连不断。我找不到火柴，我气得用拳头捶着墙壁。我只好关上了煤气，爬到窗子外面的水池盖上，轻轻地把窗户关好，坐在那里，看看会发生什么事情。虽然我已经安全地隐去了身子，可我却气得浑身发抖。我看见他们劈开一块门板，随后就弄掉了门闩上的扣子，站在打开的门口了。原来是房东和他的两个继子——都是二十三四岁的壮小伙。楼下那个讨厌的老太婆战战兢兢地跟在他们后面。

“发现房间里空无一人，他们都呆住了，那副样子你是能想象得出的。年纪轻一点的小伙子立刻冲过去打开了窗子向外张望。他睁大的眼睛，厚厚的嘴唇和长满胡须的面孔，离我只有一英尺。我紧握拳头，真想朝这个笨蛋的脸打上一拳，可是我管住了自己。

“他正对着我，目光穿过我的身体，其他的人也跟过来看。老头儿查看了一下床底下，然后他们一起拥向碗柜。最后，这三个人只好用犹太英语和伦敦方言在那里说三道四。争论的结果是：刚才我并没有回答他们，是幻觉在作怪。老太婆也进来了，她像一只猫似的疑神疑鬼，东看看西看看。我在窗外望着这四个人，他们还在猜测我究竟在不在房间里，这时候我非常得意，火气顿时消了。

“那老头儿说起话来南腔北调，我听懂了他的意思，他和老太婆看法一样，认为我是一个活体解剖者。两个儿子觉得不对，怪声怪调地说我是一个电学家，根据是这里有发电机和辐射机。

紧接着我发现他们把前门闩上了，因为他们担心我随时会回来。那位老太婆仔细向碗柜里和床底下看了看。这时，我对门那个与一个屠夫合住的小贩走到楼梯口，他们把他也喊了进去，向他东扯西拉地说了一通。

“我突然想到，我的那部特殊的辐射机要是一旦落在一个精明而有学问的人手里，我的秘密就藏不住了。我瞅准机会，避开了老太婆，从窗台上爬进了屋子。两台小发电机上下摞着摆在那里，我把上面的一台碰翻下来，结果两台机子“轰隆”一声砸在地板上。他们都吓坏了！他们还没搞清楚究竟怎么回事，我就溜出房间，轻手轻脚地到了楼下。

“我走进一间起居室，在那里等着。他们下来了，还在疑神疑鬼地议论。因为没有发现什么‘恐怖’的东西，他们感到有点失望，也不知道究竟该怎样采取法律手段来对付我。等他们走进了地下室后，我带了一盒火柴马上又溜上楼，把房间里的废纸和乱七八糟的东西拢成一堆，点了火，把木椅和铺盖也丢在旁边，又用橡皮管把煤气引了过来……”

“你把房子烧了？”肯普喊道。

“房子必须烧掉！这是掩盖痕迹的唯一办法。毫无疑问，房子是上了保险的。我轻轻拉开前门的门闩，然后走到街上。我是隐身人，没人看得见我。这时候我才开始体会到隐身术给我带来的特殊有利条件。我的脑子里涌现出各种各样疯狂和奇妙的计划，现在无论我干什么都可以无所顾忌了。”

第二十一章
在牛津街上

“下楼梯的时候，我第一次遇到了意想不到的困难，因为我看不见自己的脚，结果我绊倒了两次，去拉门闩的时候也感到有点别扭。可是在平地上，只要不往下看，我还是可以正常行走的。

“我感觉非常得意。我觉得自己像一个视力健全的人，穿着一双软底鞋和一件无声衣，在一个全是盲人的城市里走路。在一种狂妄的冲动之下，我老想捉弄别人，吓唬别人，拍人家的背，扔掉人家的帽子，借以炫耀自己的特殊本领。

“可是我刚走到波特兰大街（我住的地方就在那边一家大布店的附近），就听到“当”的一声，接着后背猛地被人撞了一下。我回过头来，只见一个人，惊讶地看着他装满汽水吸管的篮子。虽然这一下的确把我撞得不轻，可是他那副惊讶的样子不禁使我失声大笑起来。‘篮子里有鬼。’我说，并且突然从他手里把篮子夺过来。他不由得放开了手，我就把篮子向上一举。

“可是这时候正好有一个马车夫站在一家旅馆门口，这个傻瓜瞧见以后，就突然冲出来接篮子，他猛地伸出手指，正好戳到了我的耳朵，我感到疼痛难忍。于是我就把整篮子的东西全都砸在马车夫身上，随之而来的是一片呼喊声和杂乱的脚步声，人们都从商店里跑了出来，车辆都停下来了。我这才明白我是自找麻烦。我埋怨自己太愚蠢，就靠在一家商店的橱窗上准备乘着混乱赶紧逃离。万一我要被挤入人群，不可避免地就会被人发现。我推开了一个屠夫的学徒，躲到马车夫的四轮马车后边去，幸亏这个学徒没有回头去看那个把他推到一边去的空洞洞的东西。我不知道这个场面后来是怎样结束的。我匆匆忙忙地穿过马路，恰巧当时路上没什么人。这次意外让我心有余悸，生怕被人发现，我变得惶恐不安，后来糊里糊涂地闯进了下午在牛津街上闲逛的人群里。

“我想混入人流中去，可是人太多了，不久我的脚跟就被踩了一下。我沿着水沟走，可是粗糙的路面磨痛了我的脚，不久又有一辆双轮马车慢慢地跑过来，车杠在我的肩胛骨下面猛烈一撞，我这才意识到自己已经伤得不轻了。我跌跌撞撞地让开道，又慌忙避开了一个行人，跟到了那辆双轮马车的后面。我灵机一动，想出一个妙计。当马车慢慢地往前走的时候，我紧紧跟在马车后面，冻得身上直打战。我惊叹这次冒险的经历。这是 1 月份的一个晴天，路上那层薄薄的泥浆差不多都冻上了，而我却是赤条条地一丝不挂。现在看来是愚蠢的，可是当时我却没有认识到这一点。不管身体是不是透明，我都得受气候的摆布。

“后来我脑子里突然产生了一个绝妙的主意。我绕上前去爬进了马车。我哆哆嗦嗦、提心吊胆、流着鼻涕——第一次出现了伤风着凉的迹象，后腰上的伤痛愈来愈厉害。就这样慢吞吞地沿着牛津街经过了托顿汉姆宫路。我的心情和十分钟前冲出来的时候不同了，这是可以想象的。都是隐身术闹的！现在我想的唯一的事情就是如何摆脱我眼下的困境。

“我们慢慢地经过了米迪图书馆，一个身材很高的女人拿着五六本贴着黄标签的书喊住了我所坐的马车，我往外一跳，刚好没碰上她，却差一点被一辆有轨货车撞倒。我沿着通往布卢姆斯勃里广场的大道奔去，想赶到博物馆的北边去，这样就可以进入僻静的地区。这时候我觉得非常冷，周围奇怪的环境让我心烦意乱，于是我一面跑，一面抽噎。广场的北角有一只小白狗从医疗协会的办公室跑出来，鼻子贴着地面向我直冲过来。

“以前从没体会这一点，狗的鼻子正像人的眼睛一样灵敏。狗能够嗅得出一个人的行踪，就像人能够看见人的外形一样。这个畜生又叫又跳，我非常明白，它已经注意到我了。我穿过拉塞尔大街，一面走一面回头去看，我沿着蒙泰格街走了一段，可是自己一时也不明白究竟是往哪儿去。

“后来我听见一阵音乐声，顺着街道看去，只见许多人从拉塞尔广场出来，走在前面的人身穿红色的上衣，举着救世军的旗帜。这么一大群人，有的在路上高声歌唱，有的在路旁嬉笑，我没法穿过去，可是向后退又怕离家太远，于是我就临时打定了主意，向着博物馆栏杆对面一座房子的白色台阶上奔去，打算在那儿站着，一直等到这群人走完以后再离开。幸亏那只狗听见乐队的声音就停住了，它犹豫了一下，掉转尾巴又向布卢姆斯勃里广场奔去。

乐队来了，一帮人心不在焉地高声唱着‘何日我们见主面？’的圣歌。熙熙攘攘的人流打我身旁的人行道上涌过，走起来简直就没完没了。“咚、咚、咚”，铜鼓带着颤动的回声过来了，我一时没有注意到有两个调皮的孩子站在离我不远的栏杆旁边。‘瞧，’其中一个说。‘瞧什么？’另一个说。‘怎么会有几个光脚印，像踩在了泥里。’

“我往下一瞧，看见两个孩子站在那里，呆呆地看着新刷白的台阶上我留下的几个脚印。他俩被路过的人们推来挤去，可是这两个机灵的孩子鬼使神差似的想把事情搞清楚。这会儿鼓声歌声混合起来响成一片，‘咚、咚、咚，何日——咚、咚，才得——咚、咚，见主面，咚、咚、咚。’‘有一个赤脚的人走到台阶上去了，肯定是这样。’他们中间的一个说，‘他再没有下来过，而且他的脚在流血。’

“这群人大部分已经过去了。‘瞧那儿，特德。’年纪小一点的那个孩子指着我的脚高声惊叫道。我往下一看，立刻瞧见一双模糊不清的脚的轮廓，那是由泥浆点子形成的，我一时呆住了。

“‘怎么回事呢，真奇怪！’年纪大的那个说，‘简直太奇怪了！人的脚不就是这种鬼样子吗？’他犹豫了一下伸手向前走来。一个男人马上停下来看他在捉什么，接着又来了一个女孩子。他马上就要碰到我了。于是我马上打定了主意。我跨了一步，那孩子大喊一声，吓得直往后退，我乘机迅速地跳到旁边一幢房子的门廊下面。可是那较小的孩子却敏捷地跟了上来，我还没有完全走下台阶，来到人行道上，他已经从惊愣中回过神来，并且叫喊着‘那两只脚已经翻过墙去了’。

“他们急忙跟过来，发现我的新脚印忽然出现在底下的台阶和人行道上。

“‘什么事？’有人问道。

“‘脚！快看！两只脚在跑！’

“除了追我的三个人以外，路上所有的人都跟着救世军向前拥去，所以，这一群人不但阻碍了我，而且也阻碍了我的追赶者。人群里激起了惊奇和追问的喊声。我撞倒了一个小伙子，这才杀出重围。不一会儿我就绕着拉塞尔广场奔跑，后边有六七个惊奇的人跟着我的脚印。当时没人有时间去解释究竟怎么回事，否则这一大群人全都要跟我来了。

“我拐了两次弯，横穿了三次马路，又回到我的老路上去，后来我的脚变得燥热起来，这时候水印也开始消失了。我终于得到了一个喘息的机会，用手把脚擦干净，这才得以溜之大吉。我所看到的最后一群追赶的人有十二三个，他们疑惑不解地研究着一个逐渐干掉的脚印，这是由于一脚踩在塔维斯托克广场上的水坑里而留下的。这个脚印对他们说来简直不可思议，和鲁滨孙在荒岛上发现了脚印一样，谁也说不清楚它究竟是打哪儿来的。

“这么一跑，我身上暖和起来，于是我胆子大了一点，就往附近那些偏僻复杂的道路上走去。我的后背僵硬，肿痛得厉害，喉结部位被马车夫手指戳过，现在也很疼，脖子上的皮也被他的指甲抓破了；两只脚伤得更重，有一只脚割破了一点儿，走起来有点跛。我看见一个瞎子向我走来，便马上一瘸一拐地避开他，因为我害怕他敏锐的感觉会给我带来麻烦。有一两次，我意外撞上了行人，于是我就咒骂起来，他们听了以后，都莫名其妙，惊讶不已。我穿过广场的时候，有一样东西静悄悄地飘到了我的脸上，天慢慢地下起了小雪。我受了寒，虽然我竭力控制自己，可是偶尔还是免不了要打几个喷嚏。随便哪一只狗，我一看见它嗅来嗅去的鼻子，我就觉得害怕。

“然后又来了一群大人和男孩子，起先只来了一个，接着其他的都跟来了，他们边跑边喊。原来是失火了。他们朝我住的方向奔跑，我回头向一条街上望去，只见远处屋顶和电话线的上方冒着一团黑烟。我肯定这是我的住处在燃烧。除了在波特兰大街等着我的支票簿和三本笔记以外，我的衣服、仪器等一切财产都在那儿。烧吧！我焚烧了自己的船——假如世上真的有人破釜沉舟的话！那边已是火光冲天。”

隐身人停下来沉思。肯普紧张地看了一下窗外。“然后呢？”他说，“请接着讲。”

第二十二章
在商场里

“在刚过去的1月份，有场暴风雪即将来临——要是雪花飘落在我身上，就会让我暴露原形。这时候我就开始了我注定要过的新的生活。当时我感到疲倦、寒冷、剧痛和说不尽的困苦，对于我的隐身术也还是半信半疑。我没有一个安身的地方，没有生活用具，哪儿也找不到一个可以信任的人。说出我的秘密就等于出卖我自己，把自己当作供人观赏的稀有动物。可是有时候我甚至都想和过路人说上几句话，乞求他们同情我的处境。但是我非常明白这只会带来恐怖和残酷的后果。我在街上无所适从。我唯一的目标是要找一个避雪和取暖的地方，然后才可能做进一步的打算。可是，伦敦成排的房屋都是大门紧闭，即使对我这样一个隐身人也是拒之门外的。

“很清楚，我所面临的只有一道难关——寒冷。在暴风雪之中，在痛苦的寒夜，我却无处藏身。

“后来我想出了一个好主意。我拐到一条从高华街通往托顿汉姆宫路的大街上，来到了‘奥姆宁’商场的门前。你应该知道这个地方，这是一家大商场，里面什么都买得到：肉、杂货、布匹、家具、衣服，甚至油画——与其说是一家商场，不如说是鳞次栉比的小商店的汇总。我以为商场的门一定是开着的，可是所有的门都关上了。我站在宽阔的入口处，一辆马车在外面停了下来，一个穿制服的人把门打开了。他的帽子上有‘奥姆宁’的标志——你应该见过这种人。我设法跑了进去，来到一个售卖缎带、手套和长袜之类东西的店铺，我穿了过去，来到一个更宽敞的地方，这里专卖野炊用的篮子和藤器家具。

“可是我在那儿并不觉得安全，人们来来往往，我也就不停地东躲西闪，后来我在楼上发现了一个地方，这里放着大批的床架，我就爬了上去，终于在一大堆折叠着的羊毛垫上找到了一个休息的场所。这个地方已经生了火，非常温暖舒适，我就决定躲在这儿，一直等到关门的时候，这期间只要警惕三两成群在周围走来走去的店员和顾客就行了。我想，关门以后我就可以在这里偷点食品、衣服和化装的东西，再偷偷地巡视一下，搜查一下这里的钱，也许还可以找一张床睡一觉。这个计划似乎很不错。我的想法是要弄到一些衣服，把自己包装成一个还可以见人的模样，接着搞一点钱，把我的笔记本和包裹拿回来，然后随便找一个住处，再制订计划，以便充分实现隐身术所赋予我的优越性——直到现在，我还抱着这种想法。

“关门的时间很快就来到了。从我爬上床垫到我瞧见拉窗帘、顾客们成群结队地走向门口为止，前后还不超过一小时。一群手脚勤快的青年开始收拾那些被顾客翻乱了的货物，动作非常利索。等这群人走了以后，我就离开了我的小窝，偷偷地溜到商场里顾客光顾较多的店铺去。那些年轻的男女店员把白天陈列出来的货物都收拾起来了，他们的速度之快，真让我大吃一惊。所有成盒的东西、悬挂着的编织物、成条的花边、食品部盒装的糖果，各式各样的陈列品，都被拿了下来、折好，然后放到干净的包装箱里去；凡是拿不下来、没法收藏的东西也都用像麻袋一样的粗布遮起来。最后，所有的椅子都被翻过来，放在柜台上，地板上什么都不留。这些青年男女做完以后，他们就立刻向门口走去。我从来没有见过那么充满活力的店员。然后来了许多小伙子，他们携带着水桶和扫帚，往地上撒木屑。我必须躲开，我的脚都被木屑刺痛了。我在那些被窗帘遮黑了的柜台之间转悠了一会儿，听着扫地的声音。最后，在商店关门后一个多小时的时候，我听见外面的门锁上了。这里马上变得一片寂静。宽阔的商场里铺面、走廊和陈列室纵横交错，我独自一人在中间徜徉游荡，里面鸦雀无声。我还记得当我走近托顿汉姆宫路入口处的时候，曾经听到外面过路人嗒嗒响的鞋跟声。

“我首先来到了卖袜子和手套的地方。那个地方很黑，我拼命找火柴，最后在收款台的抽屉里找到了。我还需要一支蜡烛。

我撕开了许多包装纸，搜索了许多盒子和抽屉，后来我终于找到我所需要的东西了：盒子上标明里面装的是羊毛裤和羊毛背心。然后又找到了短袜和一条厚围巾，我又跑到服装部去，找到了裤子、便装、大衣和一顶软边帽——一种像牧师戴的、帽檐向下弯的帽子。我又开始觉得自己有个人样儿了。我想到的下一步就是找吃的。

“楼上有一个点心部，我在那儿找到了冷肉。壶里还有咖啡，我点上煤气炉，把它热了一下。到现在一切都还算顺利。后来我偷偷地去找毯子，结果只找到了一堆鸭绒被。我来到了一个食品部，这里全是巧克力和蜜饯糖果——我可要不了那么多，而且还有一些白葡萄酒。旁边是一个玩具部，我想了一个好主意。我找到了一些鼻子——你知道，就是那种玩具鼻子，我还想到了墨镜，可是奥姆宁商场没有眼镜部。我的鼻子曾是个麻烦，我本来想用颜料涂上的，可是这次发现使我想到了假头发和面具等东西。最后我躺到那堆鸭绒被里，暖暖和和、舒舒服服地睡了一觉。

“临睡前感觉很不错，隐身以来我从没那么舒服过。我浑身上下感到非常安逸，脑子里也十分平静。我想到早晨可以穿着衣服，用一块白围巾包住脸，神不知鬼不觉地溜出去，用偷来的钱买一副眼镜，这样我就完全伪装起来了。我做了无数的怪梦，都是关于几天内所发生的稀奇古怪的事情。我梦见那丑陋矮小的犹太房东在他的房子里大发雷霆，他的两个儿子神色诧异，我还梦见满脸皱纹的老太婆过来找猫时露出一张变形的面孔。我重新体验到那块布隐形时的奇怪感觉。在梦中我又回到寒风凛冽的山坡下，听见那位年老的牧师吸着鼻涕，在父亲下葬前喃喃地念着‘尘归尘，土归土。’

“‘你也下去吧。’一个声音说。突然有人把我拖到坟墓里去。我挣扎、叫喊，并且恳求那些送葬的人，可是他们还是一动也不动地进行着葬礼。那老牧师丝毫不受影响，整个仪式中他都在喃喃地念着，吸着鼻涕。我知道人家是看不见我、听不到我的呼救声的，可是一股强大的力量抓住了我。我无论怎么挣扎都没有用，还是被拖到了洞口，然后随着一声空洞的巨响，我掉到棺材里去了，一铲一铲的沙砾紧接着盖到我的身上来。没有人关心我，没有人注意我。我痉挛地挣扎了几下就醒了。

“伦敦黯淡的黎明已经来到了，死灰色的光线从窗帘旁边透了进来，照亮了整个商场。我坐起身来，望着宽敞的房子和内部的陈设——一个个柜台、成卷地堆在一起的东西、成堆的褥子和垫子以及里面的铁柱子，一时竟不知道自己究竟是在什么地方。后来当我心境恢复平静的时候，我听见了谈话声。

“远处的一个营业部拉起了窗帘，光线进来了，我看见两个人从那里走了过来。我爬了起来，看了看四周，想找一条脱身之路，可是他们听见响声，知道我在这里了。我想他们大概只看见一个身体轻快地闪过。‘是谁？’其中一个人喊道，‘不许动！’另一个人也跟着喊起来。我拼命向前奔去，拐了个弯，与一个十五六岁的瘦长的小伙撞了个满怀。你别忘了，我当时还是个无头人。他大叫一声，被我撞得滚在一边，我从他身旁一冲而过，又拐了个弯，同时灵机一动，立即平躺在一个柜台后面。一会儿就有许多人跑了过去，只听见他们喊道：‘都去把门守住！’有人问：‘出了什么事？’他们还互相告诉应该怎样捉住我。

“我躺在地上吓昏了头。奇怪的是我明明应该脱掉衣服，但是我却没有这么做。大概我决心要把衣服穿走了，这种想法支配着我的行动。接着在两排柜台之间有人喊：‘他在这儿！’

“我跳起身来，随手抓起一把椅子扔出柜台，椅子旋风似的向那个叫喊的傻瓜身上砸去。我回过身来，在拐角的地方又遇到一个傻瓜，我挥起拳头把他打得摇摇晃晃，然后冲上了楼梯。他站稳脚，一声吆喝，跑上楼梯拼命向我追来。楼梯上堆着许多色彩鲜艳的、像瓶子一类的东西——那叫什么？”

“艺术花瓶。”肯普说。

“对！艺术花瓶。我在最上面一级台阶拐了个弯，猛一回头，从瓶堆里抓起一个，等他来到我面前的时候，就往他的头上砸去。整堆的花瓶都滚下去了，到处都是叫喊声和脚步声。我疯狂地向点心部奔去，一个身穿白衣、厨师模样的人追来了。我最后拐了一个弯，准备决一死战。我发现周围都是灯和铁器。我走到这个柜台后面等厨师过来，当他带头追上来的时候，我就拿起一盏灯向他砸去，他痛得直不起腰来，倒了下去。我就蹲在柜台后面尽快地脱掉我的衣服，外套、便装、裤子和鞋子倒还好脱，可是羊毛背心却像皮肤似的贴在身上，剥不下来。我听见更多的人过来了，可怜的厨师静静地躺在柜台的另一边，不知道是被打晕了，还是吓昏了，他一句话也说不出来。我好像一只从柴堆里被赶出来的兔子似的，现在又要冲刺了。

“‘到这边来，警察先生。’我听见有人喊道。我发现自己又跑到了那个堆床架的房间，房间的另一头摆放着许多衣柜。我跑到中间，躺倒在地。经过不断的挣脱背心终于被扯了下来，我又成为一个自由的人了。我累得气喘吁吁，同时也感到十分恐惧。等警察和三个店员拐过来的时候，他们向背心和短裤冲去，一把抓住长裤。‘他把赃物丢下来了，’一个年轻的小伙子说，‘他一定就在这儿附近。’

“可是他们就是找不到我。

“我站在那里看他们搜索了一会儿，暗自埋怨我的运气不好，失掉了那些衣服。后来我又跑到点心部去，找到一些牛奶喝了，然后坐在火炉旁边，考虑我的处境。

“过了一会儿，两个店员走了进来，他们在谈论这件事，说得很热闹，那样子就像傻瓜似的。我在商场里干的事远没有他们夸大的那么严重，他们还在猜测我的下落。接着我又动起脑筋开始谋划。要从这个地方带点东西出去，几乎是不可能的，尤其是现在惊动了这里的人以后。我到仓库里去看看是否有机会可以打一个包裹，并且写上地址，可是我不了解这里的托运规定。大概十一点钟的时候，天上落下来的雪已经融化了，天气比前一天晴朗暖和一些。我肯定在商场里不可能有什么作为了，一想到计划还没有成功，我就非常恼火。我离开了商场，对下一步该怎么干，脑子里只有朦胧的计划。”

第二十三章 在德鲁里巷

“现在你开始明白了，使用隐身术会给我带来非常不利的一面。”隐身人说，“我没有地方住，不能穿衣服。一旦穿上衣服，就会失去我的一切优势，使自己成为一件奇怪而可怕的东西。我还得忍饥挨饿，因为我饱餐一顿以后，如果没有消化，怪诞的形影就会显现。”

“我从来没有想过这一点。”肯普说。

“我也没有。雪让我想到了其他的危险。我不能在下雪天到外面去，雪一旦落在我的身上，我就会暴露原形。雨也是这样，它会使我成为一个水淋淋的轮廓，一个光亮的人形，一个水泡。而雾呢——在雾里我就会成为一个比较淡的水泡，一个外形，一个暗暗发亮的人体。再比如说，在伦敦，如果我走出去，待在露天里，脚脖子会沾上泥垢，煤灰、尘土也会落到皮肤上。我不知道什么时候我会被人发现，但是我非常清楚这要不了多久——至少在伦敦是这样。

“我向波特兰大街的贫民区走去，来到了我住过的那条街的尽头。我没有往这条街上走，因为半路上挤满了人，他们就站在被我烧毁的房子对面，房子的废墟还在冒烟。我最迫切的问题就是要穿衣服。我来到一家小杂货铺，这里出售报纸、糖果、玩具、文具以及过时的圣诞节小玩意儿等。我看见一排面具和假鼻子，这不禁又使我回忆起奥姆宁商场里的玩具所给我的启发。我回过身去，心里有了打算。为了避开热闹的街道，我绕道向斯特兰德路以北的后街走去。我模模糊糊记得这里有几家卖戏装的店铺。

“天气很冷，北面的街上刮过一阵刺骨的冷风。我害怕被人赶上，就加快了脚步。每穿过一条街都意味着经历一次危险，每一个行人都得提防。我在贝德福街的尽头，正要从一个人身旁经过，他忽然一转身，正好撞在我身上，把我撞到马路中间，我差点被一辆路过的马车卷到轮子下面。停车场那边的人都说他得过中风什么的。这次遭遇使我大为不安，于是我就来到了科文特花园市场，在一个紫罗兰花摊旁边的安静的角落里坐了一会儿，一面喘息，一面战栗。我发现自己刚着了凉，因此过一会儿就得离开，否则我的喷嚏必然会引起注意。

“最后我终于找到了苦苦寻觅目标。在德鲁里巷附近的一条小路上，有一家肮脏不堪、沾满蝇卵的小铺子，橱窗里摆满了饰有金线的长袍、假宝石、假头发、拖鞋、化装舞衣和剧照。这是一家老式店铺，屋顶很低，里面光线很暗，在铺面之上还有四层阴暗的房子。我隔着橱窗向里望了一下，看见没有人，就进去了。开门的时候，一片清脆的铃铛声响了起来。我让门开着，绕过一个空衣架，走到一个角落里，站在穿衣镜的背后。一分多钟过去了，没有人出来。后来我才听见沉重的脚步声穿过一个房间，一个男人走了下来。

“眼下我的任务十分明确。我打算走进屋子里，躲在楼上等待时机。当一切都安静下来的时候，我准备搜罗这里的假发、面具、眼镜和衣服，然后穿戴起来，再回到外面去，这样虽然也许有些奇形怪状，可是总还能使大家相信我是个人。当然，我顺便还要把屋子里的钱都抢走。

“走到铺面来的人身材矮小，有些驼背，他的眉毛浓而突出，胳膊很长，可是两条腿又弯又短。显然刚才他在吃饭，被我打断了。从他在铺面张望的表情可以看出，他以为这里有人。可他发现没有人在这儿，觉得很奇怪，进而发起火来。‘该死的小鬼！’他说。他走到街上去，往两头张望了一下。一会儿又走回来，狠狠地一脚把门踢上，唠唠叨叨地向房门走去。

“我走上前去跟着他，他一听到我的声音就站住不动了。他敏锐的听觉不禁使我吓了一跳，于是我也站住了。他把房门‘砰’的一声在我面前关上了。

“我犹豫不决地站在那里。突然我听见他快步走了回来，门又开了。他站在那里往铺面里四面打量，好像还不放心似的。然后他一面对自己咕咕噜噜，一面查看柜台和立柱的后面。他心存疑虑地站在那儿，让门敞开着，我就溜了进去。

“这是一个奇特的小房间，陈设简陋，墙角里有许多大型面具，桌上摆放着他搁下来的早餐。我闻着咖啡的香味，站在一旁眼睁睁地望着他回来继续吃饭。肯普，这对我说来真是一件难以容忍的事情，他的那副吃相更让人受不了。这个小房间共有三扇门，其中一扇通往楼上，一扇通往楼下，可是这两扇门都关着，他在的时候我没法出去，他这人很敏感，所以我连动也不敢动，而背后又吹来一股穿堂风，有两次我差点儿打出喷嚏来，可我忍住了。

“我生性好奇，对于新奇的事总是兴趣十足。尽管如此，在他吃完之前我早就不耐烦了，心里觉得窝火。他开始收拾桌子。他把茶壶从黑铁盘里拿开，把破旧的瓷器放上去；台布上满是芥末的斑点，他把掉在台布上的面包屑都抹在一起，然后端着一堆东西走了。他拿了许多东西，因此他不能随手关门，虽然他想把门关上。我从来没见过一个这么喜欢关门的人。我跟着他到了地下室里一个很脏的厨房。我饶有兴致地看他洗碗，后来我觉得没有必要老在下面待着，而且我的脚站在砖地上感到很冷。于是我就回到上面来，坐在靠近火炉的椅子上。火不太旺，我不加思索地加了一点儿煤。他听见响动马上跑了上来，站在那里瞪大眼睛观察着。他在房里到处张望，差一点儿碰到了我。一番检查以后，他似乎还不满意，最后在下去之前，他站在门口又查看了一遍。

“我在小客厅里好像等了一个世纪，最后他又上来了，开了上楼的门。我紧跟在他后面。

“在楼梯上他突然停住了，我差点儿撞在他的身上。他站着回过头来，直往我的脸上看，同时还在听。‘我敢发誓——’他一面说，一面用细长多毛的手拉了拉下嘴唇；他的眼睛上上下下地打量着楼梯，然后他又咕咕噜噜地上楼去了。

“他的手放在房门的把手上，又停住了，脸上还是带着那种又惶惑又愤怒的神情。他渐渐注意到我在他旁边移动的声音。这个人的耳朵简直比鬼还灵敏。他突然发起火来：‘要是有人胆敢闯进屋子的话……’他大声地嚷嚷，可是他没把恫吓的话说完。他把手伸到口袋里，没有找到他所要的东西，于是就从我身旁冲下楼去，跌跌撞撞，怒气冲冲。我没有跟他下去，我坐在楼梯口一直等到他回来。

“不久他又回来了，嘴里还在嘟囔。他打开房门，我还没有来得及进去，他就迎面‘砰’的一声把门关上了。

“我决定搜寻一下这所房子，随即我就尽量轻手轻脚地查看了一遍。房子年久失修，而且非常潮湿，因此阁楼上糊墙的纸都掉下来了，此外还有无数的老鼠在这里窜来窜去。门把手大部分都不灵活，我也不敢去转动它们。我查看过的几个房间有的是空的，有的堆着舞台道具，从它们的样子来判断，大概是从旧货铺里买来的。在他隔壁房间里，我找到许多旧衣服。我赶忙挑选起来，一时竟忘记了店主的耳朵是很灵敏的。我听见一阵蹑手蹑脚的脚步声，一抬头，正看见他握着一把旧式左轮手枪在向这堆零乱的东西窥探。他张大嘴巴，带着怀疑的表情四处张望，我一动也不动地站着。‘一定是老鼠，’他慢吞吞地说，‘老鼠真该死！’

“他轻轻地关上门，我马上听见钥匙在门锁里转动的声音，然后他的脚步声离去了。我突然意识到我被锁在里面了。我一时不知道该怎么办。我从门口走到窗口，又走回来，站在那里左右为难。我顿时怒火中烧。可是我决定先挑一下衣服，无论我下一步做什么。我刚一动手，一摞衣服就从架子的上层掉了下来。他听见以后又回来了，而且比以前更加凶狠。这一次他真的碰到我了，他惊恐地向后一跳，站在房间中央，表情愕然。

“不久他稍微镇静了一些。‘老鼠。’他用手捂着嘴低声说。他显然有点儿害怕了。我悄悄地侧着身子走出房间，可是地板响了一声。这个凶恶的小畜生握着枪开始满屋子跑，把门一扇扇地锁上，然后把钥匙放进口袋里。我明白了他的意图之后，火气立刻就上来了。我控制不住自己，没有足够的耐心等待机会。这时候我已经知道这个屋子里只有他一个人，于是我就毫不客气地在他的脑袋上砸了一下。”

“在他的脑袋上砸了一下？”肯普叫道。

“是的，把他打昏了。当他下楼的时候，我在后面用楼顶上的一张凳子把他打昏了。他像一袋旧靴子似的滚下楼去。”

“可是——我说！按照人道主义的标准……”

“人道主义只是对普通人适用。可是，肯普，问题在于我必须化好装才能出去，不能让他看见我。我想不出别的办法。我用一件路易十四时代的背心堵住了他的嘴，用一条被单把他裹了起来！”

“用一条被单把他裹了起来！”

“裹得像个口袋似的。这是个好主意，这一下这个傻瓜被吓得不敢吭声。他要出来真是比登天还难，因为他的头离绳子很远。亲爱的肯普，你不用坐在那儿盯住我看，好像我杀了人一样。他的手里有一把左轮手枪，要是他看见了我，我就会露出原形……”

“可是，”肯普说，“这到底是在现代的英国！这个人又是在他自己的家里，而你呢——嗯，在抢劫。”

“抢劫？胡说！再说下去你要叫我强盗了！当然，肯普，你是不会那么顽固不化的，你难道不明白我的处境吗？”

“还有他的处境呢！”肯普说。

隐身人腾地站起身来。“你是什么意思？”

肯普的脸上露出不以为然的神气。他想要说话，可是又止住了。“我认为，”他突然改变了态度说，“你遇到了麻烦，也是逼不得已。可是毕竟……”

“我当然遇到了麻烦，麻烦得要命！他在屋子里搜索我，拿着枪跑来跑去，一会儿锁门又一会儿开门，我都要让他逼疯了。他简直是在惹我发火。你不会怪我，是吧？你不怪我吧？”

“我从来不怪谁，”肯普说，“没必要怪谁。后来你又干了些什么？”

“后来我饿了。我在楼下找了一块面包和一些腥臭的干酪，这些足够我吃饱了。我喝了一些掺水的白兰地，然后走上楼去，经过我刚才随手扎的袋子——他还静静地躺在那里。我来到了放旧衣服的房间。从这个房间可以望到街上，两块脏得发黄的镶边窗帘挡着窗子。我走上前去，从窗帘的缝隙里向外张望。外边天气晴朗，与这幢昏暗的房屋相比较，显得更加耀眼夺目。马路上人来车往，非常热闹：几辆水果车、一辆双轮马车、一辆装着纸箱的四轮马车、一辆鱼贩的车子。我回过头来看着昏暗房间里的东西，只觉得眼花缭乱。我逐渐平静下来，明白了自己眼前的处境。房间里有一股淡淡的汽油味，我想这是用来清洁那些旧袍子的。

“我开始仔细搜寻这个地方。我可以断定，那个驼背的家伙孤身一人在这屋子里住了很久了。他是个古怪的人……我把每一样可能用得上的东西都收罗到藏衣室里来了，然后我慎重加以挑选。我找到了一只适合我用的手提包，还有一些粉、胭脂和胶布。

“我想到在脸上涂上油彩、脂粉以及其他一切让我显形的东西，使别人能够看见我。可是这样做，必须用松节油和其他化妆品，而且还要花相当长的时间才能使我再度隐身。最后我选了一个式样不错的假鼻子，虽然看起来也有点古怪，可是与许多人的真鼻子相比，也未必更古怪；我还挑了一副墨镜、灰色的假胡须和假发。我找不到内衣，但是以后可以买，所以暂且我就用花布舞衣和白羊毛围巾把自己包了起来。我找不到袜子，不过那驼背的靴子很大，我穿得进去，这也就行了。铺面的一张桌子上有三个金镑和大约价值三十先令的银子，屋里有一个锁着的柜子，我把它打开了，里面有八镑金币。我好好装备了一下自己，又可以重新回到这个世界里去了。

“接着我莫名其妙地犹豫起来。我的这副样子到底会不会使人起疑心呢？我用卧室里的一面小镜子从各个角度检查自己，看看有没有破绽，但是似乎一切都很好。我的模样古怪得像个剧中人——像个舞台上的守财奴——但是还看不出来有什么毛病。为了增强信心，我把镜子拿下楼去，放在墙角，拉下了店铺的帘子，我在镜子前面，从每一个角度观察了一下自己。

“我花了几分钟时间来振作我的勇气，然后开了店门，大踏步走上街去。那个矮家伙还留在被单里，他什么时候愿意出来就随他了。离开这家服装店五分钟以后，我已经拐了十几个路口。没有人特别注意我。我好像已然跨过最后一道难关。”

他又停了一下。

“你就不管那个驼背了？”肯普说。

“不管了，”隐身人说，“也没听说他怎么样了。我猜想他是自己解开的，也许是自己用脚踢开的。我系得相当紧。”

他沉默了，走到窗口望着外面。

“你到了斯特兰德路又怎么样了呢？”

“唉！还是令人失望。我以为麻烦已经过去了。我确实认为除非泄露了秘密，否则我做什么都可以无所顾忌了。所以我想，无论我干什么，造成什么样的后果，都与我无关。我只要把外衣一丢就消失了，谁也抓不住我。见到钱，我一伸手钱就归我了。我决定款待自己，准备大吃一顿，然后去找一家好旅馆住下，再去购置一套新的用具。我觉得很有信心。当时我真是个傻瓜，一想到这儿现在我都不舒畅。我到了一个地方，点菜的时候我才想起来，假如我不暴露我隐形的脸，是不能吃东西的。点完了菜以后，我告诉服务员说我十分钟之内回来，然后就离开了，那种滋味真是难受。我不知道你想吃东西的时候有没有如此失望过？”

“没有这么严重，”肯普说，“不过我可以想象得出。”

“我真想把这些蠢驴打个稀巴烂。我很想吃点味道好的东西，简直想得发晕了，最后我就进了另外一家馆子，要了一个包间。‘我的脸上破了相，’我说，‘而且很严重。’他们好奇地看了我一眼，这当然不关他们的事情。因此我到底吃了一顿。这顿饭虽然不见得特别好，可是我很满足了。吃完了以后，我坐在那里叼着雪茄烟，想盘算一下我的行动计划。这时外面下起了暴风雪。

“我愈想愈觉得在寒冷而泥泞的气候里，在拥挤而文明的城市里，做一个隐身人是多么的荒唐。在我进行这个疯狂的实验之前，我梦想过无数的好处，可那天下午的事情好像全都令我失望。我脑子里想着人们梦寐以求的东西，毫无疑问，用隐身术可以得到它们；可是得来之后，隐身术却使人没法去享受它们。就说野心吧，纵然取得了显赫的地位，但不能在人前露脸又有何用？纵然你俘获了女人的芳心，如果她终究是个黛利拉[1]又有何益？我对

---

1 根据《圣经》传说，参孙的情人黛利拉在套出参孙非凡膂力的秘密之后出卖了他，使他落在敌人手里。

于政治、沽名钓誉、慈善事业和体育运动都没有兴趣，我该做些什么呢？就这样隐身术使我变成了一个包装起来的秘密，成为一个扎着绷带的滑稽人物。”

他停了下来，好像是在向窗口眺望。

“可是你怎么到伊平去的呢？”肯普说，他急于要让他的客人不停地说下去。

“我上那儿去是想接着干。我有一种希望，这是一个尚未成熟的想法！我现在还有这种想法，不过现在已经完全成熟了，就是要找到如何能够还原的方法！当我愿意的时候，当我隐身做完要做的事情以后，就恢复原状。这就是我现在要和你谈的主要内容。”

“你直接去的伊平吗？”

“是的，我只带了三大本笔记和支票簿，还有一些行李和内衣，订购了一些化学药品，我要设法攻克这道难关。一到伊平我就开始干了。等我拿到那几本笔记，马上就推算给你看。天哪！现在我还记得那场暴风雪，为了不让大雪弄湿我的纸鼻子，可把我给麻烦死了。”

“最后，”肯普说，“也就是前天，当他们识破你的时候，根据报上说的，你可真——”

“没错，不然呢？那个混蛋警察被打死了吗？”

“没有，”肯普说，“他有望康复。”

“那么算他走运。我真够恼火的，这些混蛋！为什么他们不能让我单独一个人安安静静的呢？那个开杂货店的乡巴佬儿怎么样了？”

“估计没有死吧。”肯普说。

“我不知道那个流浪汉怎么样了。”隐身人苦笑了一下说。

“天哪，肯普，你一定不知道我有多愤怒！我辛苦工作了好几年，计划好了，一切都安排妥当了，突然来了个傻瓜在半道上跟你作梗！各种各样的傻瓜都来跟我捣乱！再多一点的话，我就要疯了！我得跟他们好好算账。这些家伙给我带来了无穷的麻烦。”

“他们确实让人头痛。”肯普冷冷地说。

第二十四章
计划失败

“可是现在，”肯普向窗外瞟了一眼说，“我们该做些什么呢？”

他走过去，向他的客人靠拢，以防对方突然发现有三个人正向山上走来。肯普觉得他们走得实在太慢了。

“你向伯道克港出发的时候打算做些什么呢？你有什么计划吗？”

“那个时候我正打算离开英国。可是自从见了你，我就改变了我的计划。当时我认为天气热了，就可以隐身，聪明的做法就是到南方去。特别是因为我的秘密已经泄露了，人人都会注意一个蒙面的人。这儿有轮船直通法国，我想登上一条船去做一次冒险的旅行。然后我就可以坐火车到西班牙或者是阿尔及尔去，这并不难。在那里我可以长期隐身，同时照常生活，还能干点儿事情。

那个流浪汉一直替我拿着行李，钱也放在他身上。我一定要想办法把笔记本找回来，还有别的东西。”

“你已经说过了。”

“后来这个卑鄙的畜生竟然拿着我的东西逃跑了！他肯定把笔记本藏起来了，肯普。笔记本被他藏起来了！要是我能亲手捉到他……”

“最好是先想法子，把笔记本从他那儿拿回来。”

“可是他在哪儿呢？你知道吗？”

“他在市警察局里，按照他自己的要求，锁在那儿一个最坚固的房间里。”

“该死的！”隐身人说。

“这对你实施计划倒有点儿不利。”

“我们一定要把那些笔记本拿回来，那些笔记太重要了。”

“当然。”肯普说，他有点儿忐忑不安，似乎已经听见外面的脚步声。“我们当然一定要找到那些笔记本，只要他不知道它们的重要性的话，这并不难做到。”

“他不知道。”隐身人说，接着又陷入了思考。

为使谈话不中断，肯普想找一个话题往下说，可是隐身人又顺着自己的话接着讲。

“一闯进你的屋子，肯普，”他说，“我的计划就变了。因为你是一个通情达理的人。尽管发生了这一切，尽管这件事已经公开，笔记本已经丢了，我遭受了许多痛苦，但是成功的可能性还是很大，可能性非常大——”

“你没有告诉任何人我在这儿吧？”他突然问道。

肯普犹豫了一下。“当然没有。”他说。

“一个人也没告诉？”格里芬又问。

“谁都没有。”

“啊！好吧。”隐身人站起身来，两手掐着腰，在书房里走来走去。

“我犯了个错误，肯普，我根本不该一个人单独干这件事。我浪费了太多精力、时间和机会。一个人单枪匹马，能做的事实在太少了！也就只能抢一点钱，打伤几个人。

“我所需要的，肯普，是一个像守门员一样的卫兵，一个助手和一个藏身的地方。这样才没人怀疑我，我才能够平安无事地睡觉、吃饭和休息。我一定要有一个伙伴！有了伙伴，有了吃饭和休息的地方，什么事情都好办了。

“以前我有点糊里糊涂。我们必须考虑一下，隐身术究竟在哪些地方发挥作用，在哪些地方不起作用。像偷听那一类的事情，它的意义并不大，因为人总是要出声的。对于入室行窃，它的帮助也是很小的——也许有一点儿。你只要一旦捉住了我，就可以很容易地把我关起来。不过话又说回来，你很难抓住我。这种隐身术，实际上只是在两种情况下才有用：在逃走的时候和靠近别人的时候。因此，它对于杀人特别有用。不管一个人有什么武器，我都可以走到他身边，选择适当的地方，任意击打，灵活躲避，随时都可以逃脱。”

肯普摸了一下小胡子，心想：楼下似乎有动静。

“而且我们一定要杀人，肯普。”

“我们一定要杀人，”肯普重复隐身人的话，“我在听你的计划，格里芬。可是请你注意，我并不同意。为什么一定要杀人呢？”

“不是乱杀，而是有选择地杀。关键是要让他们知道存在一个隐身人，就像我们知道有一个隐身人一样。而这个隐身人，肯普，现在一定要建立一个恐怖王朝。是的，这听起来很可怕，可是我一定要干，一个恐怖王朝。他必须占领一个城市，好比像伯道克，使它陷于恐怖，并且统治它。他一定要发布他的命令。他可以用无数的方法来发布命令，比如把布告塞在居民的房门底下就行了。凡是不服从他的命令的人，他都把他们杀掉，还要杀掉一切保卫他们的人。”

“哼！”肯普说，他不再听格里芬说话，而是在听前门开关的声音。

“格里芬，我觉得，”他在掩饰他的心不在焉，说道，“你的伙伴是很难当的，不是吗？”

“没人会知道他是我的同伙。”隐身人急切地说道。他突然一愣：“嘘！楼下是什么？”

“没什么，”肯普说，然后突然提高嗓门，语速很快地说，“我不同意这样，格里芬。你要明白我的意思，我不同意这样。

干吗和整个人类过不去呢？你这样能得到快乐吗？别做一只孤独的豺狼。宣布你的研究成果，相信这个世界，至少要相信你的国家。你想想，有了千百万的助手，你能做多少事……”

隐身人挥手打断了他的话。“有上楼的脚步声。”他说。

“不可能。”肯普说。

“我得去看看。”隐身人说，他伸了伸胳膊，向门口走去。

随后的事态急转直下。肯普踌躇了半秒，连忙冲上前去拦住他。隐身人吃惊地站住了。“叛徒！”隐身人大吼一声。睡衣突然被解开了，并且坐了下来，隐身人开始脱衣服了。肯普三步并作两步迅速冲向门口。此时隐身人的腿已经消失了，他大喝一声，跳了起来。肯普猛地打开了门。

门一开，楼下传来一阵急促的脚步声和喧哗声。

肯普急忙把隐身人往后一推，跳到一旁，把门关上了。钥匙就在门外面，他可以随手把门锁上。格里芬眼看就要独自被关在书房里成为一个囚犯了，可是有一件事却改变了这个局面。原来，那天早晨钥匙是匆匆忙忙插进钥匙孔的，当肯普“砰”的一声把门关上的时候，钥匙“哗啦”一声掉到地毯上了。

肯普顿时面无血色，他站在那里，竭尽全力用双手拉住门的把手。不一会儿门被拉开了六英寸，但他又把它关上了。第二次门被拉开了一英尺宽，睡衣往外面硬挤。他的喉咙被看不见的手指掐住了，于是他放开了把手自卫。他被迫往后退，脚下一绊，重重地摔到楼梯口的一个角落里去了。脱下来的睡衣向他飞来。

肯普那封信的收信人——伯道克的警察局长艾迪上校已经到了楼梯中间。他看见肯普突然出现，随后又看到衣服在空中飘动的奇怪现象，不禁大吃一惊。肯普跌下去又挣扎起来，摇摇摆摆地向前一冲，又倒了下去，像一头牛似的摔在地上。

突然，艾迪上校重重地挨了一下，可是却看不到是谁打的。好像有一个巨大的重物一下子跳到他的身上，掐住他的喉咙，一只膝盖抵住了他的小腹，他被头朝下猛地推下了楼梯。他感觉到有一只看不见的脚在他的背上踩了一下，又听到一阵幽灵般的脚步声啪嗒啪嗒走下了楼梯。两个警察在大厅里跑来跑去，大声叫嚷着，接着前门就“砰”的一声猛地关上了。

上校翻过身来坐在那里两眼发直。他看见肯普摇摇晃晃地从楼梯下来了，身上都是灰尘，头发乱蓬蓬的，半张脸都被打青了，嘴唇淌着血，胳膊上挂着一件粉红色的睡衣和几件内衣。

“天哪！”肯普喊道，“完蛋了！他逃走了！”

第二十五章
追捕隐身人

肯普的话说得语无伦次，艾迪一时半会儿没法明白刚才突然发生的这一连串事情。他们站在楼梯口，肯普急匆匆地讲着，格里芬奇特的绷带挂在他的胳膊上。不久艾迪就对这里的情况有了大概的了解。

“他发疯了，”肯普说，“丧失了人性。他完全以自我为中心。除了他个人的利益，他个人的安全以外，什么也不考虑。今天早上我听他讲了他的经历，为了达到个人目的他不择手段……他打伤了很多人。如果我们不阻止他的话，他就要杀人，他要制造恐怖，没有东西能阻止他。现在他跑出去了，火气很大……”

“一定得逮住他，”艾迪说，“一定。”

“可是怎么个逮法？”肯普大声说道，突然他想出许多主意。“你必须马上开始，你必须命令每一个用得上的人都忙起来，不要让他离开这个地区。他一旦逃走就会到乡下去肆意杀人、伤人。他梦想着建立一个恐怖王朝！一个恐怖王朝！你必须在火车上、公路上和轮船上都派人监视。警卫部队一定要来协助，你必须发电报去求救。只有一件事情会使他暂时不离开这里，那就是他想夺回几本他认为非常宝贵的笔记本。我告诉你！有一个人在你们警察局里——马维尔。”

“我知道，”艾迪说，“我知道，那些笔记本——对。可是那个流浪汉……”

“他说他没有，是吧？可是隐身人认为笔记本就在流浪汉那里。一定不能让隐身人吃饭睡觉，整个地区都行动起来日夜监视他。吃的东西，所有吃的东西，都要锁起来藏好，这样他除非砸了锁才能搞到食物。家家户户都要闩上门，不能让他进去。但愿夜晚天气凉一些，快下雨吧！全村上下必须开始追捕，并且要追捕到底。我告诉你吧，艾迪，他到处为非作歹，是个祸害。除非把他抓住关起来，否则后果不堪设想。”

“我们还能做些什么呢？”艾迪说，“我必须立刻把人们动员组织起来。你为什么不一起来呢？对啊——你也参加吧！来吧，我们必须开一个紧急作战会议，叫霍普斯过来帮忙，还有铁路经理。天哪！形势真紧迫。我们走吧，边走你边告诉我，我们还能做些什么？先把绷带扯下来吧。”

一会儿，艾迪带头走下楼梯去了。他们发现前门大开，两个警察站在门外向空无一人的方向张望。“他跑了，先生。”其中一个说。

“我们马上到总局去，”艾迪说，“你们一个人下山，找一辆马车上来接我们，要快！还有什么，肯普？”

“需要狗，”肯普说，“带几只狗来。狗虽然看不见他，却可以闻得出他在哪里。把狗带来。”

“好极了，”艾迪说，“一般人都不知道上哪儿去找狗，不过霍尔斯特德的监狱官认识一个养猎犬的人。把狗带过来。还要什么？”

“记住，”肯普说，“他吃的东西会显现出来的。在吃过以后、消化吸收之前，他胃肠里的食物是看得出来的。因此他吃过东西以后就要躲起来，你必须在每一个树丛和每一个偏僻的角落不断地搜索。把一切武器——一切可以当作武器的工具——都收起来。他不能老是带着这类东西，凡是他可以顺手拿来伤人的东西都要收起来。”

“这主意也很好，”艾迪说，“我们会捉到他的！”

“在所有的路上……”肯普吞吞吐吐地说。

“怎么样？”艾迪说。

“撒上碎玻璃。”肯普说，“我知道这么做很残忍，可是想一想他会干出些什么！”

艾迪倒吸了一口凉气：“这是不是太卑鄙了……我拿不准。可是我会把碎玻璃准备好的，要是他太过分……”

“我告诉你吧，这个人已经丧失了人性。”肯普说，“我敢肯定，一旦他摆脱了逃跑时的紧张情绪，稳定下来，他就会建立一个恐怖王朝。我们唯一的机会就是先下手为强。既然他自绝于人类，就要自食其果，碰个头破血流。”

第二十六章
威克斯蒂德惨遭杀害

隐身人从肯普家里冲出去的时候，见谁都想发火。一个小孩正在肯普家的门口玩耍，忽然被他猛地拎起来往旁边一扔，孩子的脚脖子给摔伤了。后来的几个小时里，隐身人消失得无影无踪。谁也不知道他上哪儿去了，也不知道他干了些什么。可是我们可以想象他的处境：在 6 月一个炎热的上午，他急匆匆地上山，来到伯道克港后面空旷的高原上；面对遭受的厄运，他十分恼怒，甚至感到绝望；最后他既紧张又疲惫，就躲到欣顿丁的树丛里去了。他想重整一下自己遭到重创的反人类计划。那似乎是他最可能的藏身之地了，因为在下午两点钟左右，就在那里，他以一种惨无人道的方式又一次彰显了自己的存在。

我们不知道那个时候他做何感想，又想出了些什么计划。毫无疑问，肯普出卖他几乎使他发疯，虽然我们不难理解肯普背叛与欺骗的动机。完全可以想象，遭人暗算肯定会使人愤怒的，因此我们甚至对他有几分同情。也许他又像上次在牛津街上似的惊愕不已，因为在他狂想制造出恐怖世界的时候，显然是指望肯普和他合作的。总之，他在中午神不知鬼不觉地逃走了，两点半之前谁也不知道他在干些什么。对人类来说，这也许是一件幸事；但是对他来说，这次休息却给他带来了致命的打击。

在这期间，越来越多的人跑到乡下的各个地方，开始忙碌起来。早晨，他在人们的心目中还是一个传说的人物、一个恐怖的化身；可是到了下午，人们通过肯普冷酷的描述，已经把他看作确实存在的对手了，而且准备击伤、捉住和制服这个对手。整个村子的人迅速组织起来，其速度之快令人难以置信。两点钟以前，隐身人还可以乘火车逃离这里，可是两点以后就不可能了。在南安普敦、曼彻斯特、布莱顿和霍尔舍姆四个城市之间巨大的平行四边形内，客车行进时所有车门都锁上了，货车几乎全部停开了。在伯道克港方圆二十英里的范围内，人们携枪带棒，领着狗，三五成群地到道路上和田野里四处搜寻。

骑着马的警察沿着乡间小道来回巡逻，他们停下来挨家挨户警告人们：除非准备好了武器，否则都要关闭房门。所有小学在下午三点钟都停了课，孩子们惊慌地聚在一起，急忙赶回家去。肯普起草的布告（当然是经过艾迪签字的），在下午四五点钟的时候几乎张贴在整个地区。它简单明了地告诉人们该怎样和隐身人进行斗争：不能让隐身人吃饭睡觉，必须时刻警惕、密切注意他的任何行踪。当局的行动迅速而果断，转眼之间人们已普遍相信确有这样一个怪物，所以在天黑之前，方圆几百英里的地方都戒备起来了。同时，人们交头接耳地传播着威克斯蒂德先生被害的消息，消息一下就传开了。大家都相信确有其事。到处弥漫着恐怖的气氛。整个乡下戒备森严而又人心惶惶。

要是的确像我们前面估计的那样，隐身人躲在欣顿丁的树丛里休息，那么我们就必须假定，午后不久他又从那里冲出来了，并且准备动用凶器实施某项计划。我们不知道他打算干什么，可是完全有理由相信在他遇到威克斯蒂德先生之前，手里就握着一根铁棍。

当然我们没法知道这件事的详细情况。事故发生在距伯道克爵士家不到二百码的一个沙坑旁边。地上有踩踏的痕迹，威克斯蒂德先生遍体鳞伤，他的手杖断成了碎片——这一切都说明他俩进行了一场生死搏斗。除非他是杀人狂，否则他为什么要下手呢！的确，人们一定会说他发疯了。威克斯蒂德先生四十五六岁，是伯道克爵士的管家，他的脾气和样子都不惹人讨厌，他最不会冒犯这个可怕的对手。看样子隐身人是用一根从破栅栏上抽下来的铁棍对付他的。这个老实巴交、沉默寡言的人在回家吃午饭的路上，遭到了隐身人的袭击。他无力抵抗，他的胳膊被折断了，跌倒在地，被打得脑浆迸裂。

当然，这根棍子一定是隐身人在遇到被害人之前就准备好了的，并且一直拿在手里。除了上述情况之外，只有两个细节跟这件事有关。第一个细节是：沙坑并不在威克斯蒂德先生直接回家的路上，而是在距离道路两三百码的地方。另个一细节是由一个小姑娘提供的：当她下午去上学的时候，曾看见被害者莫名其妙地穿过田野，向着沙坑“快步走去”。从她模仿的动作来看，似乎这个人是在追赶前面的什么东西，并且不停地用手杖去打。她是最后一个看见他活着的人。他离开她的视线以后就被杀害了，因为他们是在沙坑里交手的，沙坑前面被一丛榉木挡着，因此她没有看见沙坑里发生的事情。

以上细节或许在某种程度上可以说明，本案并不是无缘无故的滥杀行为。我们可以假定格里芬确实拿一根铁棍作为武器，可是并没有预谋用它来杀人。威克斯蒂德也许正好打这儿走过，看见棍子在不可思议地移动着，便上前追赶。他丝毫没有想到是隐身人在作怪，因为伯道克离这儿有十多英里，他也许根本没有听说过有隐身人这回事儿。于是我们可以想象隐身人为了防止附近的人发现他的行踪，想悄悄地赶紧逃走，而威克斯蒂德则惊奇地去追那个移动的物体，最后竟用手杖来击打它。

在一般情况下，隐身人无疑是可以轻易地把这位追赶他的中年人远远地抛在后面的。可是从威克斯蒂德尸体的位置可以看出，很不幸他把目标赶到了一堆有刺的荨麻和一个沙土坑之间。对于领教过隐身人那种动辄发火的性格的人来说，随后发生的事情就不难想象了。

不过这纯粹是一种假设。孩子的话常常是不可靠的，唯一可靠的事实就是威克斯蒂德的尸体，以及在荨麻堆里发现的血迹斑斑的铁棍。格里芬丢弃了这根棍子，这就说明：即使他本来拿这根棍子是为了某种目的，那么面对眼前的惨状，他的情绪波动很大，因此放弃了原先的打算。当然他是一个极度自私的人，可是他的受害者，他第一个受害者，血肉模糊、惨不忍睹地躺在他的脚下，那副惨相也许会使这个早已丧失人性的人良心发现，因此他暂时搁置了他的行动计划。

在杀害了威克斯蒂德先生之后，他也许穿过田野，向高原方向走去了。据说，在太阳下山的时候，有两个人在费恩洼地附近的田间听到一种声音。这声音一会儿哭，一会儿笑，一会儿唏嘘，一会儿呻吟，还不时地喊叫，听起来非常怪异。怪声穿过一块苜蓿地，在山间消失了。

这时候，隐身人一定有所察觉，肯普迅速利用了他所了解的隐身人的秘密，正在设法对付他。他一定发现房门都紧紧地关闭着，而且上了锁。也许他在火车站逗留过，往旅馆里窥探过，他也一定看过布告，多少明白这场对抗他的战斗的性质了。当夜幕降临的时候，田野里东一堆、西一堆，到处都是三五成群的人，狗叫声不绝于耳。这些追捕者对于爆发冲突时应该怎样互助，都奉有特别的指示。可是他避开了他们。我们可以推测，他现在肯定又被激怒了，非常恼火，因为他向肯普提供的情报被无情地用来对付自己了。至少这一天他的心情是十分沮丧的。将近二十四个小时的时间里，除了攻击威克斯蒂德的那段时间外，他几乎一直被追踪着。当天晚上他一定吃饱睡足了，因为第二天早晨他又恢复了原状，还是那样精力充沛，怒气冲天，如同凶神恶煞一般，准备和这个世界做一次殊死搏斗。

第二十七章
攻击肯普的住宅

肯普收到了一封莫名其妙的信，信是用铅笔写在一张油渍斑斑的纸上的。

“你劲头儿十足地来对付我，而且很有办法，你的本领真是惊人。”信上接着说，“虽然我想象不出这么做对你有什么好处。你们反对我，整整一天都在追捕我——夜里都不让我休息。可是不管你们怎么捣乱，我还是吃了东西；不管你们怎么捣乱，我还是睡觉休息了。这场游戏才刚刚开始，才刚刚开始。我别无选择，只好建立恐怖王朝。这封信宣告恐怖王朝的第一天开始了。告诉警察局的上校以及其他人，伯道克港已经不在女皇的统治之下了。我，恐怖大帝，是它的主人！这是新时代——隐身人时代的元年元月元日，我是隐身人一世。王朝刚刚建立，法律是宽大的，但为了杀一儆百，第一天要对一个人处以死刑，这个人的名字叫肯普。今天他的死期到了。他可以把自己锁在屋里躲起来，也可以派人把自己保护起来，如果他乐意的话，还可以穿起盔甲来。死亡，看不见的死亡，就要袭来了。可以请他预先做些防范措施，这样能使我的臣民记忆更深。中午的时候信将投进邮筒被邮差取走发出！这就意味着肯普注定在劫难逃了。游戏开始了，死亡正向他袭来。别帮助他，我的臣民，否则死亡也要落到你们的头上。今天是肯普的死期。”

肯普把这封信读了两遍。“这不是闹着玩儿的，”他说，“这是他的口气！他干得出来。”

他把那张折好的纸翻过来，看见在地址的一面有欣顿丁的邮戳和“欠资两便士”的字样。

这封信是一点钟送到的。读了信以后，肯普连饭也没有吃完就慢慢地站起身来走进了书房。他按了一下铃，把女用人喊来，吩咐她马上巡视一下整个屋子，检查窗子上的插销，并且把所有百叶窗都放下来。他亲自拉上了书房里的百叶窗。他从卧室里一只上锁的抽屉里拿出一把小型左轮手枪，小心地检查了一下，放进了衣服口袋。他写了好几封简短的信，其中一封是给艾迪上校的。他把信交给用人，仔细地告诉她应该怎样离开屋子。“不会有危险的。”他说，可他心里明白这是对别人来说。交代完毕以后，他思考了一会儿，又回去吃饭了。这时饭都凉了。

他吃饭的时候，不时地停下来思考。突然他使劲儿拍了一下桌子。“我们能抓住他！”他说，“我就是诱饵，他会铤而走险的。”

他上楼回到书房，把经过的每一扇门都小心地关上了。“这是一场游戏，”他说，“一场罕见的游戏。格里芬先生，虽然你能隐身，也有胆量，可是形势对我有利。因为格里芬逆天而行……他想报复我！”

肯普站在窗口，望着暖意浓浓的山坡。“他每天得找东西吃——这对他很麻烦。他昨晚真的睡觉了吗？在露天某个没有人烟的地方。我希望天气变得又冷又湿，不要这么暖和。

“也许他现在正在注视着我。”

他走近窗口。窗框旁边的砖头上传来一阵清脆的拍打声，他吓得猛然倒退几步。

“我太紧张了。”肯普说。可是过了五分钟他又回到窗口去。“这准是一只麻雀。”他说。

不一会儿他听见前门的铃响了，于是匆匆赶下楼去。他拉开门闩，打开锁，仔细把链子扣上，然后躲在门后，小心翼翼地把门打开。一个熟悉的声音叫了他一声，原来是艾迪。“你的用人遇到麻烦了，肯普。”他隔着门说。

“什么！”肯普喊道。

“你的信被人抢走了。他就在附近。让我进来。”

肯普放开链子，把门开得很小，艾迪就从门缝里挤了进来。他站在客厅里，看着肯普把门重新关好，这才感到心里踏实。“信从她手里被抢走了，她吓坏了。她在警察局里，有点精神失常。他就在附近。信上说些什么？”

肯普发了一通火。

“我真是个傻瓜！”肯普说，“我应该知道，从欣顿丁走到这儿来都用不了一小时。事情竟然搞成这个样子！”

“怎么回事？”艾迪说。

“看看这个！”肯普说着，领着艾迪往书房走，并将隐身人的信递给艾迪。艾迪读了以后，轻轻地吹了一声口哨。“那么你——”艾迪问。

“我设计了一个圈套，但我真傻，”肯普说，“竟然让一个女用人把计划送出去，结果落到他手里了。”

艾迪也跟着肯普咒骂起来。

“他会离开的。”艾迪说。

“他不是那样的人。”肯普说。

楼上传来一阵响亮的打碎玻璃的声音。艾迪看见肯普将一把银光闪闪的小左轮枪从口袋里抽出一半。“楼上的窗子！”肯普说着，率先上去了。他们还在楼梯上的时候，又响起一阵玻璃的碎裂声。他们走进书房，发现三扇窗子已经被打破了两扇，半个房间都落满了玻璃碎片，书桌上还有一块石头。这两个人站在门口，望着眼前的灾难，琢磨着到底是怎么回事。肯普又咒骂起来。正在这时，第三扇窗子像遭到手枪袭击似的，“啪”的一声，窗格里的玻璃一下子四分五裂了，一块块锯齿形的三角形碎片在窗框里挂了一会儿才掉落到房间里。

“他这是干吗？”艾迪说。

“这才刚刚开始。”肯普说。

“这儿爬得上来吗？”

“猫也爬不上来。”肯普说。

“没有百叶窗吗？”

“这儿没有，楼下的房间都有……喂！”

楼下传来了砸东西的声音，接着又听见有人在下面使劲儿地撞击房板。“真该死！”肯普说，“是的，一定是哪间卧室遭殃了，他要把整个房子都搅和一遍。可是他是个傻瓜，百叶窗放下来了，玻璃会往外掉，他的脚会被割破的。”又有一扇窗户被打破了。肯普和艾迪站在楼梯口，茫然不知所措。

“我有办法了！”艾迪说，“给我一根棍子或者别的什么东西，我到局里去把警犬带过来，这样一定能收拾他！”又有一扇窗子遭到了同样的命运。

“你不是有手枪吗？”艾迪问道。

肯普把手伸到口袋里，然后犹豫了一下：“我没有……至少没有多余的。”

“我会带枪来的，”艾迪说，“这儿不会有危险的。”

肯普为刚才一时的不诚实而感到惭愧，他把武器递给了艾迪。

“现在去开门吧。”艾迪说。

正当他们站在大厅里犹豫不决的时候，他们听见二楼卧室里的一扇窗子又被砸碎了。肯普走到门口轻轻地把门闩打开。他的脸色有些苍白。

“你要一步跨出去。”肯普说。

艾迪刚跨出门槛，里面的门闩就插上了。他迟疑了一会儿，靠在门上舒缓了一下。然后他挺起胸来，大踏步走下台阶。他穿过草地，走到了大门旁。好像有一阵微风在草上轻轻拂过，接着一样东西来到了他的附近。

“站住。”一个声音说。艾迪马上就僵直地站住了，手里紧紧地握着手枪。

“怎么？”艾迪说。他面色发白，表情非常严肃，每一根神经都绷得紧紧的。

“请回到屋子里去。”那声音说，语气既紧张又冷酷，同艾迪的表情一样。

“恕难从命。”艾迪沙哑地说，用舌头舔了一下嘴唇。他觉得声音是从左前方来的，打算开枪碰碰运气。

“你想出去干什么？”那声音说。两个人都迅速移动了一下，只见艾迪的口袋里亮光一闪。

艾迪停下来想了一下。“我上哪儿去，”他慢慢地说，“是我自己的事情。”话还没有说完，就有一只胳膊上来勒住了他的脖子，一个膝盖抵住了他的后背，他向后倒去。他慌慌张张地拔出枪来，胡乱地开了一枪。不一会儿，他嘴上挨了一拳，那支左轮枪被夺了过去。他想要挣扎着站起来，可是对方的手臂太滑，他没有抓住，结果又倒了下去。“该死的！”艾迪骂道。那声音笑了。

“要不是怕浪费子弹，我就打死你了。”那声音说。艾迪看见左轮枪悬在六英尺以外的半空中对着自己。

“你想怎么样？”艾迪说。他坐了起来。

“站起来。”那声音命令道。

艾迪站了起来。

“你给我听着！”那声音说，口气变得非常强硬，“别耍花招！记着，你虽然看不见我，我却看得见你。快给我滚回屋子里去。”

“他不会让我进去的。”艾迪说。

“可惜我没兴趣跟你在这儿胡扯。”隐身人说。

艾迪又舔了一下嘴唇，他的眼睛不再盯着枪管，他看见远处就是大海，在正午的阳光下海水显得更深更蓝。平坦的绿色高原、海岬上白色的峭壁以及热闹的城市也都在他的视野之内。他突然感觉到人生的滋味是那么的甜美。他的眼睛又回到六码以外天地之间悬着的金属物件儿上来。“你要我做什么？”他垂头丧气地说。

“做什么？”隐身人说道，“现在只要你回去，我就饶你一命。”

“我试试看吧。要是他让我进去，你能答应我不往里冲吗？”

“少跟我废话！”那声音说。

肯普把艾迪放出去以后就跑上楼，现在他躲在满是碎玻璃的房间里，通过书房的窗台仔细观察外面的动静。他看见艾迪站在那儿跟隐身人你一句我一句。“为什么他不开枪呢？”肯普轻轻地对自己说。后来手枪移动了一下，太阳的光反晃到了肯普的眼睛。他把手搭在眼眉处，朝着耀眼的方向看去。

“毫无疑问，”他念道，“手枪已经被抢走了。”

“答应我不要往里冲，”只听见艾迪说，“不要逼人太甚。总得给人留一条后路吧。”

“快滚回屋子里去。我明明白白地告诉你，我什么也不答应。”

艾迪似乎突然下了决心。他转过身来，背着手慢慢地向屋子走去。肯普大惑不解地看着他。亮闪闪的左轮手枪时隐时现，他们离房子更近了一些，肯普可以清楚地看见一个浅黑色的小物件儿跟在艾迪后面。后来的事情发生得很突然。艾迪往后一跳，猛地转过身子去抓手枪，可是没有抓住。他双手一抬，向前倒了下去，空中留下一小缕蓝色的轻烟。肯普没有听见枪声。艾迪扭动了一下，一只手撑起身体，向前一扑，就躺下不动了。

肯普观望了好一会儿。那天下午很热，而且没有风。除了一对黄蝴蝶在屋子和大门之间的树丛中互相追逐以外，周围似乎没有任何动静。艾迪躺在靠近门口的草地上。沿着山路的别墅都拉下了窗帘，所有人都忧心忡忡，可是在一所绿色的消夏小别墅中却有一个老人在若无其事地睡大觉。肯普仔细打量屋子的周围，想看看手枪丢到哪里去了，可是怎么都找不到。他的眼睛又回到艾迪身上来。这场游戏的开局真是耐人寻味。

后来有人在前门又按铃又敲门，最后竟发起火来，在外面拼命吼叫。可是用人们都依照肯普的指示，把自己锁在房间里，没人理会外面的事情。过了一会儿外面安静了下来。肯普坐在那儿倾听，然后小心翼翼地从三扇窗子逐一看出去，仔细观察外面的情况。他走到楼梯口，忐忑不安地站在那儿听着。他拿了卧室里的一根拨火棒当武器，又去检查了一遍楼下窗子的插销，一切都安然无恙。他回到书房里来。艾迪还是像刚才倒下去的时候那样，一动也不动地躺在沙地旁边。女用人和两个警察正从别墅旁边的那条路朝这边走来。一切都像死一般的沉寂，这三个人好像总也赶不到似的。肯普不知道他的对手这会儿在干什么。

突然，楼下传来一阵撞击的声音，肯普吃了一惊，犹豫了一会儿后下楼去了。忽然满屋子响起了沉重的敲打声和木板破裂的声音。他听见什么东西被撞碎了，还有百叶窗上的铁闩在铿铿作响。他转动钥匙，打开了厨房门。就在这时候，破裂的百叶窗向里面飞来。他吓坏了，呆呆地站在那里。窗框的一根横档被砸掉了，窗格里只剩下一些锯齿形的碎玻璃。百叶窗是被一把斧头砍下来的，现在斧头正朝着窗框和铁护栏上猛劈过来。后来斧子突然往旁边一闪不见了。他看见那支枪放在外面的走道上，接着这把小小的武器跳到了空中。他急忙往后退去。幸亏左轮枪迟开了一步，一块木片从正在关闭的门的边缘迸溅出来，从他头上一掠而过。肯普猛地把厨房门关上，锁了起来。他站在厨房外面，只听见格里芬在门后大喊大叫，还狂笑了几声。接着，在“咔嚓咔嚓”的破裂声中斧头又砍了起来。

肯普站在走廊里，努力使自己镇静下来。隐身人马上就要到厨房里来了。

这扇门眼看就要挡不住他了，接着——

前门门铃又响了，应该是警察到了。他奔进客厅，扣上链子，拉开门闩。在他放下链子以前，先要听到女用人讲话以便确认，接着三个人跌跌撞撞地一起拥进了屋子，肯普赶紧又把门关上了。

“隐身人！”肯普说，“他手里有一支手枪，还剩下两颗子弹，他打死了艾迪！用枪打死的！你们在草地上看见他了吗？他就躺在那儿。”

“谁？”其中一个警察问。

“艾迪。”肯普说。

“我们是从后面绕过来的。”女用人说。

“怎么会有‘咔嚓咔嚓’的声音？”一个警察问道。

“他马上就要闯进厨房了。他找到一把斧头……”

突然，整幢房子里都回响着隐身人劈砍门的声音。女用人朝厨房望着，瑟瑟缩缩地赶紧往餐厅退去。肯普东一句西一句想解释情况。这时，厨房门被砸开了。

“到这边来。”肯普喊道。他突然振奋起来，一下子把两个警察推到了餐厅门口。

“拿拨火棒。”肯普说着往餐厅里的火炉旁边冲去。

他把手里的那根拨火棒递给一个警察，将餐厅里的那根递给另一个。

肯普突然往后一退。

“嘿呀！”一个警察弯下身来，用拨火棒挡住斧头的进攻。手枪“砰”的一声，射出了倒数第二颗子弹，把一张名贵的西德尼·库珀[1]的画打穿了。第二个警察好像打马蜂似的，用拨火棒把

1 西德尼·库珀（1803—1902），英国著名画家，善画动物。

那小小的武器击落，手枪“咣当”一声掉在地上。

冲突一爆发，女用人就尖叫起来，在火炉旁边大喊大叫。过了一会儿她又跑过去开百叶窗，大概是想从毁坏了的窗户逃出去。

那把斧头退到走廊里，悬在离地两英尺的地方。他们可以听见隐身人的呼吸。“你们两个都让开。”他说，“我只想抓肯普。”

“我们要抓你。”第一个警察说着突然向前跨了一步，用拨火棒向那声音挥去。隐身人吓得直向后退，身体撞到了放雨伞的架子上。

随着目标的移动，那个警察摇晃着身体，挥舞着手中的拨火棒。隐身人用斧头还击，把警察的头盔砸得瘪下去了，警察挨了重重的一击，滚到厨房楼梯口的地板上。

第二个警察对准了斧头后面打去，只听见“啪”的一声，打在一样柔软的东西上。有人痛得尖叫一声，斧头掉在了地上。那警察在眼前的空处挥了一阵，可是什么都没有打到。他踩住斧头又在前后左右打了几下，然后握着拨火棒站在那里，仔细听着细微的响动。

他听见餐厅的窗子打开了，餐厅里面还有一阵急促的脚步声。他的同伴翻身坐了起来，鲜血从他眼睛和耳朵之间流了下来。“他在哪儿？”同伴坐在地上问道。

“不知道，我打到他了。不知道他在客厅里的什么地方，要不然他就已经从你身边溜出去了。肯普医生！先生！”

“肯普医生。”那个警察又喊了一声。

第一个警察挣扎着站起身来。他终于站起来了，突然隐隐约约听到厨房楼梯上有赤脚走路的声音。“嘿！”第二个警察大喊一声，将拨火棒扔了过去，结果砸坏了一只煤气灯架。

他仿佛正要下楼去追赶隐身人，后来改变了主意，走进了餐厅。

“肯普医生！”他开口喊道，可是马上又停住了。

“肯普医生是个英雄。”第二个警察说。他的同伴回过头望着他。

餐厅的窗子大开，可是肯普和女用人都不见了踪影。

第二个警察对肯普的评价真是既简洁又生动。

第二十八章
玩火者必自焚

希拉斯先生的别墅离肯普先生家最近。隐身人刚开始袭击肯普住宅的时候，他正在睡觉。希拉斯先生像大多数人一样，坚决不去听信有关隐身人的“谣言”。然而他的妻子却总是提醒他，要他相信这是真的。他照常在花园里散步，似乎并没有觉得会有什么麻烦。许多年下来他养成了午睡的习惯。隐身人在隔壁住宅打破窗子的时候他正酣睡着，后来他突然惊醒过来，感到事情不太对头。他揉揉眼睛，向肯普的屋子望去。他起身坐在床边，倾听隔壁房子的动静。他说自己真够倒霉的，邻居那边居然发生这样的怪事。经过一场激烈的打斗之后，那幢房子看起来好像被遗弃了好几个星期。窗子都被打破了。除了书房的窗子以外，其他窗子都被里面的百叶窗遮着。

“我可以打赌，”他看了看表说，“二十分钟以前还是好好的。”

现在他明显感觉到远处有一阵震动，又听见玻璃“哐哐”破碎的声音。然后，正当他目瞪口呆地坐在那里时，更加奇怪的事情发生了。他看到隔壁房子餐厅里的一扇百叶窗被猛地打开了，穿戴整齐的女用人发疯似的想把窗格推上去。突然后面来了一个人帮她，那是肯普医生！一会儿窗子打开了，女用人挣扎着向外爬，跌跌撞撞地从窗台上跳下来，然后就消失在灌木丛中了。希拉斯先生站了起来，望着眼前的怪事，扯着嗓子使劲叫喊，可谁也听不清他在嚷什么。他看见肯普站在窗台上，纵身向下一跳，立刻沿着灌木丛中的一条小径奔跑，他曲着身子，好像怕被别人发现。他在一棵金链花树后面消失了；不一会儿，他又爬上靠近高原的一道篱笆墙，一下子翻了过去。他大步冲下山坡，向希拉斯先生这里奔来。

“天哪！”希拉斯先生喊道，忽然冒出一个念头，“这都是隐身人那个畜生闹的！原来全都是真的！”

希拉斯先生想到这里，马上行动起来。他的厨师在楼顶的窗户上看见肯普以大约每小时九英里的速度向这边跑过来，也感到非常惊奇。这时候，“砰砰”的开关房门的声音、按铃的声音，还有希拉斯先生公牛般的吼叫声，混在一起，响成一片。“把门都关上，把窗户都关上，全部关上！隐身人来了！”顿时满屋子的人都在跑来跑去，拼命叫喊着，希拉斯先生在发号施令。他亲自跑过去关上通往走廊的落地玻璃窗。就在这时，肯普翻过了篱笆墙，艰难地穿过一块芦笋地，横穿网球场，向屋子跑来。

“即使他在追你，我也不能让你进来！”希拉斯先生边说边将门闩插上，“我的确很同情你——但是你不能进来！”

肯普脸色惊慌，紧紧贴着玻璃。他先是敲打，接着又疯狂地摇晃那扇落地窗。他立刻明白这是在白费力气，于是沿着走廊跑到头，跃过去敲房子的边门。没有人理会。他绕过边门来到屋子前面，最后只好跑到山路上来。希拉斯先生满面惊恐，隔着窗户往外看。肯普刚从他视线里消失，他就看见那些芦笋被看不见的东西东一脚西一脚地踩着。见此情景，希拉斯先生仓皇地逃上楼去。至于后来是怎么追逐的，他哪里还顾得上看。可是当他经过楼梯边的窗子时，听见边门“砰”地响了一声。

一上了山路，肯普就很自然地往山下跑去。就在四天以前，他在书房看到外面有人奔跑时，还在说三道四，现在居然也亲自上阵参加赛跑了。对于一个缺乏训练的人来说，他跑得还算不错。他脸色苍白，满头大汗，可是头脑却十分冷静。他大踏步地奔跑，遇到坑坑洼洼的路面、硌脚的石头或发亮的玻璃碎片，也照样从上面跑过去，任凭那双看不见的光脚怎么跟在他的后面。

肯普有生以来第一次发现这条山路漫长而且荒凉，简直难以形容。山脚下的城镇迟迟不肯出现，显得特别遥远。世上再没有比用两条腿奔跑更慢、更痛苦的赶路方式了。午后的阳光照在凄凉的别墅上，看样子所有门窗都关上了，锁得严严实实的——毫无疑问，就是根据肯普起草的命令，人们才关门闭户的。但是，无论如何，他们总该派一个人望风，以防万一吧！比如现在形势就相当紧急。他拼命往山下跑，城市在他的眼前慢慢地升起，大海落在后面，看不见了。山下的人流熙熙攘攘，一辆公共载人马车刚到达山脚下。再往前就是警察局了。脚步声就跟在身后吗？赶快冲刺。

山下的人都在盯着他，还有一两个人在奔跑。他的喉咙里拉锯似的进出着粗气。现在离公共载人马车已经很近了，快乐板球手旅馆正在闹哄哄地闩门。马车旁边是一些柱子和一堆堆的砂石——正在建排水工程。他一时竟想跳进马车里把门关上，但还是决定到警察局去。他经过了快乐板球手旅馆门口，快要跑到这条街的尽头了。这里乱糟糟的，好多人看着肯普。马车夫和他的助手瞧见他拼命奔跑的样子，吃了一惊，站在那儿盯着他，连马也不套了。远处砂石堆上的建筑工人也惊奇地望着这边。

他稍微放慢了一点脚步，就听见追赶他的人“啪啪”地跑了上来，他又向前猛冲。“隐身人！”他朝着建筑工人喊了一声，做了个莫名其妙的手势。忽然他灵机一动，跃过壕沟坑道，跑到了一帮壮汉中间，隔开了隐身人。他放弃了往警察局跑的念头，拐弯向一条岔道上跑去，快速掠过一辆卖水果的车子，他在一家糖果店门口犹豫了半秒钟，接着向可以绕回主干道希尔大街的胡同口奔去。有两三个小孩子在那儿玩耍，见他那副怪样子，吓得叫喊着到处乱跑。惊慌的母亲们立刻打开门窗，来寻望她们的孩子。他冲上希尔大街，这里离山脚下的公共载人马车终点站约三百码。他立刻察觉到附近一片喧嚷，有一群人在街上奔跑。

他抬起头，沿街向山的方向望去。离他不到十二码的地方，一个大块头的建筑工跑了过来，嘴里还在骂着什么，拿着铁锹狠狠地砍来砍去，马车夫的助手握着拳头紧随其后。其他人也在喊叫，跟过去对着空气拳打脚踢。男男女女都在往城里跑，肯普看见一个男子拿了根木棍从店铺里跑出来。“散开！散开！”有人喊道。肯普突然明白局面已经扭转了，眼下没人在追赶他。他停了下来，气喘吁吁地站在那里。他看了一下四周，大声喊道：“他就在附近！大家排成一行——”

“啊！”一个声音喊道。

肯普的耳朵下面被重重地打了一下，差点儿就要跌倒。他转过身来，准备对付看不见的对手。他站稳脚跟，一拳打出去，却扑了个空，接着下巴又挨了一下，栽倒在地上。一只膝盖马上又压在他的胸上，有两只手上来死命地掐住他的喉咙，但是两只手的力量不均匀。他抓住手腕，只听见对方痛得大叫。大块头建筑工的铁锹在肯普的上方挥来挥去，一声闷响，打在一样东西上。肯普觉得脸上落了一滴湿湿的东西，掐住他喉咙的手突然松开了。肯普拼命挣脱出来，抓住一个绵软无力的肩膀，一使劲儿翻身压到了上边。在贴近地面的地方他抓住了看不见的胳膊肘。“我捉住他了！”肯普扯着嗓子喊道，“快来帮忙！帮我抓住他！他倒下了！抓住他的脚！”

顷刻之间，大家一窝蜂地向这边压过来，如果不知道的人突然来到这条路上，一定会以为这里正在进行一场空前激烈的橄榄球赛。肯普喊过以后，就没有人嚷嚷了，只有拳打脚踢的声音和急促的呼吸声。

接着，一股巨大的力量支撑着隐身人甩开了两三个对手，摇摇晃晃地站了起来。肯普像猎狗对付雄鹿似的吊在他的前面，十几只手在肯普身体前面乱抓乱扯。马车夫突然抓住了隐身人的脖子拼命往后拉。

这帮人打成一堆，几个人又倒了下去，滚成一团。我想那时候大概某个人死命地踢了几脚，接着有人声嘶力竭地喊着“饶命，饶命！”求饶声很快地减弱，变成了奄奄一息的呼吸声。

“都让开，你们这些傻瓜！”肯普呵斥道，声音含糊不清。那些壮汉赶紧向后退去。

“他受伤了。我告诉过你们，往后站。”

人们颇费了点儿劲才让出一块空地来，神色紧张地围在四周。只见肯普医生好像跪在离地十五英寸的空中，把一只看不见的胳膊放到地上去。他后面有一个警察握住了看不见的脚脖子。

“别让他跑了！”那个大块头建筑工拿着一把血迹斑斑的铁锹喊道，“他在装死呢。”

“他不是装死。”肯普医生小心地把膝盖挪开说道，“我会抓住他的。”肯普的脸受伤了，有点红肿。他的嘴唇流着血，说话口齿不清。他松开了一只手，好像是去抚摸隐身人的脸。“嘴里都湿了。”他说，后来又喊了一声，“天哪！”

他突然站起身来，接着又跪在隐身人的旁边。围观的人越来越多，这一大帮人推推搡搡，挤来挤去。人们纷纷从屋子里出来。突然快乐板球手旅馆的门窗都打开了。大家围在旁边，几乎没什么人说话。肯普的手好像在空气中摸着什么。“他停止呼吸了。”他说，接着又说道，“我感觉不到他的心跳。他的肋部——啊！”

一位老太太在那个大块头建筑工人的胳膊下探着脑袋，突然尖叫一声：“瞧这儿！”她伸出满是皱纹的手，大家顺着她指的方向看去，看见了一只手的轮廓。这只手软绵绵地瘫放在地上，是一个依稀可见的透明体，好像是玻璃做成的，静脉和动脉，骨头和神经，都可以清清楚楚地分辨出来。眼看着它像雾一般地由淡转浓，最后变得不透明了。

“喂！”警察喊道，“他的脚显现出来了！”

于是这种神奇的变化继续扩展，从他的手脚开始，逐渐顺着四肢慢慢地延伸到身体的中心部位，都变成看得见的肉体了。就像毒药在慢慢地散开一样，灰蒙蒙的肢体轮廓中先出现细微的白色静脉，接着是玻璃似的骨头和错综复杂的动脉，然后是皮和肉。开始的时候它们像一层薄雾，后来迅速地变得稠密，最终不透明了。不久他们就看到了他那伤得令人惨不忍睹的胸膛，还有肩膀。他已被打得面目全非，那张脸只是一个血肉模糊的轮廓。

最后，这群人让开来，肯普站直了身子。地上赤身裸体躺着一个大约三十岁的年轻人，他身上青一块紫一块，遍体鳞伤，整个身体都变形了，看上去惨兮兮的。他的头发和眉毛都是白的——不是由于上了岁数变白的，而是因为他是个白化病患者。他的眼睛红彤彤的，像发亮的红石头一样。他的两只手抓得紧紧的，眼睛瞪得很大——一副愤怒而又惊愕的表情。

“盖上他的脸！”一个人喊道，“看在老天爷的分儿上，把他的脸盖上！”

三个孩子挤进了人群，但被猛地扭过身，给推了出去。

有人从快乐板球手旅馆里拿来了一条床单，把他的身体遮盖起来，然后就抬进旅馆里去了。俗丽不堪的卧室里，光线十分灰暗，格里芬躺在一张破旧的床上，一群愚昧无知、大惊小怪的人围在四周。他遍体鳞伤，暴露在众目之下，但是没有人可怜他。格里芬，是全人类的第一个隐身人，也是世界上最富才华的物理学家。他为之奋斗的事业神奇而又恐怖，带来了数不尽的灾难。他所献身的事业就这样彻底地结束了。

尾声

隐身人进行的实验的确十分神奇，但其目的也是无比邪恶的，故事到此也就结束了。如果你还想多知道一些有关他的事情，就得到斯托港附近的一家小旅馆去跟店主谈谈。一块空白的木板，上面画着一顶帽子和一双靴子，就是这家旅店的招牌。这家旅店的名字就是本书的书名。店主块头不大，身材矮胖，大鼻子圆锥般向外凸出，头发像钢丝一样，脸上是不均匀的红润。只要你慷慨大方地多买几杯酒，他就会滔滔不绝地把故事结束以后他所遭遇的一切都告诉你，他还会和你谈起那些律师怎样企图“敲诈”他的钱财。

“他们发现他们没法证明哪一笔钱是哪个人的，”他说，“我真是走运，他们没把我当作摇钱树，我像吗？后来有一位先生以每晚一英镑的价格，要我在皇家音乐厅讲这个故事，就用我自己的话讲——除了一件事不能讲。”

如果你想突然打断他那连绵不断的回忆，只要问问他的故事里有没有三本笔记就行了。他承认有的，并且郑重声明：人人都相信笔记本在他那里。可是，天知道！他没有。“我溜到斯托港的时候，隐身人就把笔记本拿去藏起来了。这都是因为那个肯普先生，他让别人都认为笔记在我这儿。”

他陷入沉思，狡黠地盯着你，忐忑不安地摆弄那些杯子，过了一会儿就离开了酒吧间。

他是一个单身汉，他就喜欢永远做个单身汉，屋子里不需要女人。从外表上看，他是扣着纽扣的——穿衣服当然得用纽扣，可是在更为私密的地方，比如说背带，他却用绳子代替。他不愿冒险，总是谨小慎微地经营他的店铺。他做事情动作缓慢，总喜欢思考问题。他在村子里有些名气，一方面是由于他聪明，另一方面他的节俭作风也令人尊敬。对英格兰南部的公路，他比社会活动家科贝特[1]还要熟悉。

每个星期天早晨——一年四季都一样，他都闭门不出。还有每天晚上十点钟过后，他都会端着一杯掺了点水的杜松子酒，走进旅店的吧间，然后放下杯子，锁上门，检查一下窗帘，甚至连桌子底下也要看看。在证实房间里只有他一个人之后，他用钥匙打开碗柜，再打开碗柜里的一只盒子，从盒子里的一个抽屉里拿出三本棕色封皮的书卷来，煞有介事地把它们放在桌子中间。封

1 威廉·科贝特（1762—1835），英国散文作家、记者、政治家和政论家，小资产阶级激进派代表人物。代表作是随笔集《骑马乡行记》，记录了他对英国乡村的观察和思考。

皮已经破旧了，而且染上了青苔般的绿色，因为有一次它们掉在了水沟里，有几页上面的字迹被污水洗没了。店主坐在扶手椅上，慢腾腾地在泥烟斗里装上烟叶，同时惬意地望着这几本珍贵的手稿。然后，他把其中一本拉到身边，来回翻动着纸页，开始仔细研究起来。

他双眉紧皱，嘴唇嚅动着，满是疑惑。“嗨，半空中一个小 2，一个 x，还有一个搞不懂的玩意儿。天哪！他真是一个博学的人啊！”

不久，他松了一口气，往后一靠，在烟雾缭绕之中得意地瞧着那几本别人看不到的手稿。“全都是秘密，”他说，“神奇的秘密！”

“要是我掌握了全部这些——天哪！”

“我不会像他那样干的，我只要——嘿！”说着，他抽了一口烟。

就这样，他开始想入非非，陷入永恒的美梦之中。虽然肯普在不断地找寻，可是除了店主以外，没有人知道这些手稿在哪儿。隐身术的奥秘以及十几个其他秘密都记在手稿里面。在店主死去之前，这些内容是不会有人知道的。

H.G. 威尔斯年表

1866 年　9 月 21 日，出生于伦敦肯特郡布罗姆利。

1874 年　进入布罗姆利学院读小学。

1880 年　在温莎一家布店做了一个月的学徒工。
在萨默塞特一所乡村学校担任很短一段时间的小学老师。

1881 年　在米德赫斯特给一名药剂师当学徒。
在米德赫斯特语法学校学习。
在南海镇一个布料市场当学徒。

1883 年　在米德赫斯特语法学校担任小学老师。
拓宽自学范围，开始广泛学习自然科学和政治经济学。
为参加全国理科考试做准备。

1884 年　进入伦敦肯辛顿科学师范学校（皇家科学院的前身）学习，主修由托马斯 · 赫胥黎授课的生物学和动物学。

1885 年　在夏季考试中获得一等荣誉，再次获得奖学金。

1886 年　很快对主课失去兴趣，而对文学和政治学兴趣倍增。
在威廉 · 莫里斯家里参加社会主义集会。
撰写有关社会主义的论文并向学校的辩论协会投稿。
创办《科学学派杂志》（*Science Schools Journal*）并担任主编（直至 1887 年 4 月）

1887 年　期末考试地质学不及格，失去奖学金，离开师范学校且未能获得学位。

在北威尔士的霍尔特学院任教。
在一场校内足球比赛中遭到撞击，造成肾破碎和肺出血，被迫从霍尔特学院辞职。
全身心投入写作。

1888 年　在伦敦的亨利豪斯学校任教。
《时空长河中的寻金羊毛者》（*The Chronic Argonauts*）在《科学学派杂志》上连载，这也是《时间机器》（*The Time Machine*）的部分初稿。

1890 年　通过伦敦大学的考试，被授予伦敦大学理学学士学位。
获得生物学一等荣誉和地质学二等荣誉。
被选为动物学协会会员。
被大学函授学院聘为生物学专业学生的助教。

1891 年　第一篇学术论文《独特之物的重新发现》（*The Rediscovery of the Unique*）刊登在《半月评》（*Fortnightly Review*）上。

1893 年　出版《生物学教程》（*Text-Book of Biology*），开始职业记者生涯。
肺出血复发，决定放弃教学工作，专攻写作。
开始在伦敦各类刊物上发表短篇故事、小说、剧评以及各类主题的文章。

1894 年　《国家观察家》（*National Observer*）刊登其七篇连载（3 月至 6 月），后整编为作品《时间机器》。

1895 年　《时间机器》在《新评论》（*New Review*）上连载（1 月至 5 月）。5 月，海尼曼公司（Heinemann）将该书出版发行。
出版短篇小说集《与一位大叔的对话选段》（*Select Conversation with an Uncle*）和《失窃的细菌与其他事件》

（*The Stolen Bacillus and Other Incidents*）以及小说《神奇之旅》（*The Wonderful Visit*）。

1896 年　出版第二部科幻小说《莫罗博士岛》（*The Island of Dr. Moreau*）以及家庭小说《机会之轮》（*The Wheels of Chance*）。

1897 年　与阿诺德·本涅特开始了长达一生的通信。

出版《隐身人》（*The Invisible Man*）、《普拉特纳的故事和其他》（*The Plattner and Others*）、《三十个奇怪的故事》（*Thirty Strange Stories*）、《水晶蛋》（*The Crystal Egg*）、《星》（*The Star*）和《某些个人私事》（*Certain Personal Matters*）。

1898 年　见到亨利·詹姆斯、约瑟夫·康拉德、福特·马多克斯·休弗（后称为福特）以及史蒂芬·克雷恩。

出版《世界大战》（*The War of the Worlds*）。

1899 年　出版《昏睡百年》（*When the Sleeper Wakes*）和《时空传说》（*Tales of Space and Time*）。

1900 年　出版《爱情和鲁雅轩》（*Love and Mr. Lewisham*）。

1901 年　出版《月球上的第一批来客》（*The First Men in the Moon*）和社会学著作《预期》（*Anticipations*）。

1902 年　应邀在皇家科学研究所演讲。

出版小说《海上女王》（*The Sea Lady*）和非小说类作品《发现未来》（*The Discovery of the Future*）。

1903 年　加入社会主义团体费边社。

参加了名为“系数”的讨论组。

与乔治·萧伯纳、西德尼·韦博和碧翠斯·韦博兄妹以及弗农·李成为好友。

出版《十二个故事和一场梦》（*Twelve Stories and a*

Dream）和非小说类作品《制造人类》（*Mankind in the Making*）。

1904 年　出版科幻小说《神食》（*The Food of the Gods and How It Came to Earth*）。

1905 年　出版小说《现代乌托邦》（*A Modern Utopia*）和《基普斯》（*Kipps*）。

1906 年　赴美国巡回演讲，见到西奥多·罗斯福、马克西姆·高尔基和布克·T. 华盛顿。

出版科幻小说《彗星来临》（*In the Days of the Comet*）以及非小说类作品《美国的未来》（*The Future in America*）、《社会主义与家庭》（*Socialism and theFamily*）。

1908 年　与萧伯纳和韦博兄妹产生分歧并因此离开费边社。

出版科幻小说《大空战》（*The War in the Air*）以及非小说类作品《新世界》（*New Worlds for Old*）、《一劳永逸的事物》（*First and Last Things*）。

1909 年　出版小说《托诺·邦盖》（*Tono-Bungay*）、《安·维罗妮卡》（*Ann Veronica*）。

1910 年　出版《波利先生的故事》（*The History of Mr. Polly*）。

1911 年　出版短篇小说集《盲人乡及其他故事》（*The Country of the Blind and Other Stories*）、《墙上之门及其他故事》（*The Door in the Wall and Other Stories*）、小说《新马基雅维利》（*The New Machiavelli*）和非小说类作品《地面游戏》（*Floor Games*）。

1912 年　出版小说《婚姻》（*Marriage*）和非小说类作品《伟大的国家》（*The Great State*）、《威尔斯的伟大思想》（*Great Thoughts From H. G. Wells*）、《威尔斯的思想》（*Thoughts From H. G. Wells*）。

1913 年 出版小说《感情热烈的朋友》（*The Passionate Friends*）和非小说类作品《小型战争》（*Little Wars*）。

1914 年 访问俄国。

出版小说《获得自由的世界》(*The World Set Free*) 和《哈曼先生的妻子》（*The Wife of Sir Isaac Harman*）以及非小说类作品《一个英国人看世界》（*An Englishman Looks at the World*）、《结束战争的战争》（*The War That Will End War*）。

1915 年 出版小说《比尔比》（*Bealby*）、《辉煌的研究》（*The Research Magnificent*）以及非小说类作品《世界的和平》（*The Peace of the World*）、《战争与社会主义》（*The War and Socialism*）。

1916 年 出版以第一次世界大战为主题的小说《布特林先生看穿了它》（*Mr. Britling Sees It Through*）以及非小说类作品《世界将要发生什么？》（*What Is Coming*？）和《重建的要素》（*The Elements of Reconstruction*）。

1917 年 暂短的宗教信仰经历促成了小说《一位主教的心灵》（*The Soul of a Bishop*）和非小说类作品《上帝是看不见的王》（*God the Invisible King*）的出版。

1918 年 受聘于英国信息部，从事战争宣传工作。

加入国际联盟筹建委员会。

出版《第四年：展望世界和平》（*In the Fourth Year: Anticipations of World Peace*）和《英国民族主义与国际联盟》（*British Nationalism and the League of Nations*）。

1919 年 出版小说《不灭的火焰》（*The Undying Fire*）。

1920 年 出访俄国，见到列宁、托洛茨基、高尔基、莫拉·巴德勃格。

出版《阴影下的俄国》（*Russia in the Shadows*）以及广受好评的畅销书《世界史纲》（*Outline of History*）。

1921 年　访问美国，参加在华盛顿召开的世界裁军大会。

出版《新历史教学》（*The New Teaching of History*）。

1922 年　出版《世界简史》（*A Short History of the World*）和《世界史纲》（*Outline of History*）修订版。

出版《华盛顿与和平的希望》（*Washington and the Hope of Peace*）以及小说《心脏的密所》（*The Secret Places of the Heart*）。

加入劳工党，竞选国会议员失败。

1923 年　竞选国会议员再次失败。

出版小说《神秘世界的人》（*Men Like Gods*）和《梦想》（*The Dream*）、非小说类作品《社会主义与科学动机》（*Socialism and the Scientific Motive*）、《劳工的教育理想》（*The Labour Ideal of Education*）以及传记《一个伟大校长的故事》（*The Story of a Great Schoolmaster*）。

1924 年　《大西洋月刊》（*The Atlantic*）出版《威尔斯作品集》（*The Works of H. G. Wells*）。

1925 年　出版小说《克里斯蒂娜·阿尔贝塔的父亲》（*Christina Alberta's Father*）和非小说类作品《世界事务预测》（*Forecast of the World's Affairs*）。

1926 年　与天主教作家希莱尔·贝洛克就《世界史纲》（*Outline of History*）发生争论。

出版小说《威廉·克里索尔德的世界》（*The World of William Clissold*）。

1927 年　出版《威尔斯短篇小说集》（*The Short Stories of H. G. Wells*）以及小说《与此同时》（*Meanwhile*）和非小说类作品《遭到修正的民主》（*Democracy under Revision*）。

1928 年　出版《凯瑟琳·威尔斯之书》（*The Book of Catherine Wells*）。

出版小说《布莱沃锡先生在兰波岛》（*Mr. Blettworthy on Rampole Island*）以及非小说类作品《世界的走向》（*The Way the World is Going*）、《公开的密谋》（*The Open Conspiracy*）。

1929 年　在德国议会发表演讲，演讲内容被整理成《世界和平的共识》（*The Common-Sense of World Peace*）并出版。

出版了电影剧本《曾是国王的国王》（*The King Who Was a King*）和儿童读物《托米历险记》（*The Adventures of Tommy*）。

1930 年　与其儿子 G.P. 威尔斯以及朱利安·赫胥黎共同出版教科书《生命的科学》（*The Science of Life*）。

出版小说《帕尔厄姆先生的独裁》（*The Autocracy of Mr. Parham*）和非小说类作品《通往世界和平之路》（*The Way to World Peace*）。

1932 年　出版小说《伯尔平顿沦落记》（*The Bulpington of Blup*）、教科书《劳动、财富与人类的幸福》（*The Work, Wealth, and Happiness of Mankind*）和非小说类作品《民主之后》（*After Democracy*）。

1933 年　出版《科幻小说集》（*Scientific Romances*），收录了其七部最受欢迎的作品。

出版小说《未来世界》（*The Shape of Things to Come*）。

担任国际笔会主席。

1934 年　出访苏联和美国，见到约瑟夫·斯大林和富兰克林·罗斯福。

出版《威尔斯自传》（*Experiment in Autobiography*）。

1935 年　与导演亚历山大·柯达合作，制作电影版《未来世界》（*The Shape of Things to Come*），1936 年以《笃定发生》（*Things to Come*）之名发行上映。

1936 年　出版非小说类作品《剖析挫折》（*The Anatomy of Frustration*）和《世界百科全书的设想》（*The Idea of a World Encyclopedia*），小说《槌球手》（*The Croquet Player*）和剧本《创造奇迹的人》（*The Man Who Could Work Miracles*）。

1937 年　担任英国科学促进会 L 分会主席。

出版小说《新人来自火星》（*Star Begotten*）、《布林希尔德》（*Brynhild*）、《剑津之旅》（*The Camford Visitation*）。

1938 年　出版小说《兄弟》（*The Brothers*）、《关于多洛雷斯》（*Apropos of Dolores*）和非小说类作品《世界的大脑》（*World Brain*）。

开始澳大利亚巡回演讲之旅。

1939 年　出版小说《神圣的恐惧》（*The Holy Terror*）和非小说类作品《一位共和激进分子的寻找激流之旅》（*Travels of a Republican Radical in Search of Hot Water*）、《人类的命运》（*The Fate of Homo Sapiens*）、《新世界秩序》（*The New World Order*）。

1940 年　赴美进行巡回演讲。

出版非小说类作品《人的权利》（*The Rights of Man*）、《战争与和平的共识》（*The Common Sense of War and Peace*）、《两个半球还是一个世界？》（*Two Hemispheres or One World?*），以及小说《黑暗树林中的婴孩》（*Babes in the Darkling Wood*）、《驶向阿勒山》（*All Aboard for Ararat*）。

1941 年　出版最后一部小说《小心驶得万年船》(*You Can't Be Too Careful*)以及另一部作品《新世界指南》(*Guide to the New World*)。

1942 年　出版《科学与世界思想》(*Science and the World Mind*)、《征服时间》(*The Conquest of Time*)和《菲尼克斯》(*Phoenix*)。

发表题为《论幻觉在高等后生动物个体生命延续中的特质——兼论智人类》(*On the Quality of Illusion in the Continuity of Individual Life in the Higher Metazoa, with Particular Reference to the Species Homo Sapiens*)的动物学博士论文。

1943 年　被授予博士学位。

出版《克鲁克斯·安萨塔》(*Crux Ansata*)。

1944 年　出版 1942—1944 年的论文集。

1945 年　出版最后两部书《穷途末路的心灵》(*Mind at the End of Its Tether*)和《快乐的转折》(*The Happy Turning*)。

1946 年　8 月 13 日，在伦敦的家中去世。